KB094912

전장의 저격수

전장의 저격수 5

요람 장편소설

초판 1쇄 찍은 날 § 2018년 3월 15일
초판 1쇄 펴낸 날 § 2018년 3월 22일

지은이 § 요람
펴낸이 § 서경석

총괄팀장 § 최하나
편집책임 § 이지연
디자인 § 신현아

펴낸곳 § 도서출판 청어람
등록번호 § 제387-1999-000006호
등록일자 § 1999. 5. 31
어람번호 § 제1-2866호

주소 § 경기도 부천시 원미구 부일로 483번길 40 서경B/D 3F (우) 14640
전화 § 032-656-4452 팩스 § 032-656-4453
http://www.chungeoram.com
E-mail § chungeorambook@daum.net

ISBN 979-11-04-91681-6 04810
ISBN 979-11-04-91580-2 (세트)

FUSION FANTASTIC STORY

요람 장편소설

전장의 저격수

5

청람

전장의
저격수

Contents

지원의 도발에 발록이 침묵으로 답하며 천천히 지원을 향해 몸을 돌렸다. 싸늘하게 굳은 얼굴이라 해야 할까? 아니면 거대한 분노를 품은 얼굴이라 해야 할까? 사실 표정의 변화는 없었으니 지원은 그렇게 느꼈다.

중요한 건 어떤 표정이든 분명 분노하고 있다는 걸 알 수 있었다. 지원은 제자리서 가볍게 뛰었다.

그녀는 온몸에 활력이 넘쳐흐름을 느꼈다. 육체적으로도 그렇고, 정신적으로도 최상의 컨디션이었다.

'최고, 최고야……'

그 어떤 작전에서도 이런 컨디션을 느껴본 적이 없는 그녀였다. 지금 그녀는 살아 숨 쉬는 이유를 아주 절절하게 느끼고 있었다. 지금이라면 정말 무엇이든 다 할 수 있을 것 같았다. 칼 한 자루를 쥐여주고 백악관에 들어가서 미합중국 대통령의 목을 따 오라고 해도 망설임 없이 뛰어들 것 같았다.

인간의 무력은 그날 이후 퇴보했을 거라 생각했거늘.

그날. 지원은 그날이 무슨 뜻인지 몰랐다. 어떤 특정한 날을 지칭하는 것 정도는 알겠으나 그날에 무슨 일이 일어났는지 잘 모른다. 그리고 그걸 굳이 알고 싶지도 않고 말이다.

그러나 왜일까.

마음과는 다르게 알고 싶지 않은데…….

'궁금하네?'

그날을 듣고 싶었다.

무슨 일이 있었는지 티 테이블 하나 놓고 저 괴물이랑 차를 마시며 얘기를 나눠보고 싶은, 그런 아주 위험한 호기심이 들었다.

─여전히 괴물은 존재하는구나. 그, 그 인간들처럼.

"아, 진짜, 그놈에 그날, 그날, 뭐 어쩌라고?"

제대로 말해주지도 않을 거면서 자꾸 그날을 들먹거리니 짜증도 나는 그녀였다. 푸스으으으. 그러는 동안 지원이 갈랐던 상처는 바람 빠지는 소리와 함께 어느새 말끔히 나아 있었다. 지원도 그 정도 상처로 발록에게 치명상을 입힐 수 있을 거라는 생각지 않았기에 깔끔히 그 부분은 무시했다.

─그렇군, 그랬어.

혼잣말하며 고개를 주억거리는 발록의 모습은 확실한 지능종의 모습이었다. 그런데 지원은 그 모습에서 등줄기를 자극하는 짜릿한 감각을 맛봐야 했다.

─잊고 있었군. 외형은 변했으나 너는…….

쉬이이익!

쩌저저적!

채찍이 부지불식간에 날아들었다. 그러나 지원은 이미 몸을 굴리고 있었다. 감각이 말했다. 지금 피하라고. 1초라도 늦으면 채찍에 온몸이 찢겨 나갈 거라고.

회피는 정확했다. 하지만 그 탓에 지원은 발록의 마지막 말을 듣지 못했다. '영혼'이 들어간 마지막 말을.

쉬익!

쩌저저저적!

이격은 검을 이용한 일격.

지면이 불타오르며 마치 지진이라도 난 것처럼 쩍쩍 갈라졌다.

후웅!

이미 피한 자리로 뒤이어 풍압이 터져 나갔다. 지원은 그 풍압에 흩날리는 머리를 쓸어 넘기며 옆으로 돌았다.

'이거, 이렇게는 안 되겠는데?'

피하는 것도 분명 한계가 있었다. 눈에 보이지도 않을 무지막지한 공격 속도와 지면을 터뜨리고 불태우는 위력은 실수 한번이면 목숨을 빼앗을 거다.

'흐음.'

지원은 이 순간, 그가 생각났다.

정석영.

저 불의 채찍과 검보다도 훨씬 위력적인 무기의 주인. 그의 개인 무력이야 보잘것없지만 그건 자신이 받쳐주면 된다. 지금 그가 생각난 이유는 한 방. 한 방이 있었기 때문이다. 여태껏 그의 공격 한 번을 버틴 적이 없었다. 나중에 그의 무기가 궁금해 검색해 봤고, 금방 확인했다.

라니아의 최종 무기.

타락 천사의 검. 그리고 타락 천사의 활.

유명한 타락 천사의 루시퍼를 몇십 번은 사냥해야 그 재료를 얻을 수 있고, 그 외에 재료도 정말 극악의 수집 과정을 거쳐야 완성되는 무기 주제에 1부터 깨질 확률이 존재하는 미친 설정.

그러나 대미지만큼은 그야말로 타의 추종을 불허하는, 라니아 유저라면 한 번만이라도 써보고 싶은 무기가 바로 타천 시리즈의 검과 무기다. 석영은 그중 활을 보유했고, 그 활을 들고 지금 같이 있었으면 하는 생각이 들었다.

'내가 기회만 만들어준다면 저것도 한 방일 텐데.'

발록.

반신이다.

그러나 타락 천사 루시퍼보다는 아래 계급의 괴물이다. 감히 그 한 방을 견디기 어려울 게 분명했다.

"흡!"

쉬이이익!

쩌저저적!

생각하는 와중에도 지원은 착실히 발록의 공격 모션을 잡고 피했다. 본능이 따르는 대로 피하지 않으면 죽을지도 모르는 상황임에도 그녀의 본능은, 감각은 최선의 선택을 고르고 있었다.

바닥에 내려서며 다시 몸을 비틀어 튕겨내었다.

쉬릭!

콰앙!

빙글빙글 도는 그녀의 신형 주변이 아주 초토화되고 있었다. 파바바박! 내려선 그녀가 급히 물러났다. 물러나는 중에 그녀는 깨달았다. 이렇게 해서는 답이 없다는 것을.

알스테르담 제국의 황자가 준 검은 끝내줬다. 지원이 평생 사용했던 그 어떤 검보다도 말이다. 하지만 그래도 발록을 잡을 수 있을 거라는 확신은 서지 않았다.

'치명타를 줄 수 있는 한 방이 필요한데⋯⋯.'

지원은 손에 든 검을 슬쩍 바라봤다.

분명 지독하게 예리한 검.

그러나 석영이 들었던 활에 비하면 그냥 보잘것없는 검. 이렇게 되면 역시 남은 건 약점을 잡아보는 수밖에 없었다.

'그런데 약점이 있으려나?'

지원은 지금까지의 전투를 다시 복기해 봤다.

연속 공격.

'원투 스트레이트처럼 들어오고, 후속 공격은 늦어. 시간이 필요한 건가?'

확실히 그랬다.

저 정도의 무지막지한 속도와 위력의 공격이 정신없이 들어오면 천하의 지원이라도 실수를 할 수밖에 없다. 그런데도 그러질 않는 걸 보면 공격하는 데 분명 시간이 필요한 것 같았다.

그 짧은 순간이 지원은 틈이라고 생각했다.

호흡도 돌릴 수 있고, 파고들 순간을 만들 수도 있는 틈. 하지만 단정 지을 수는 없는 노릇이다.

그래서 지원은 한번 실험해 보기로 했다.

슬금슬금 움직이기 시작하니 발록의 신형이 스르륵 돌아 지원의 정면으로 향했다. 지원은 그 모습에 묘한 미소를 지었다.

'정면으로 서야 하는 강박이라도 있는 거야?'

여태껏 그랬다.

지원은 온몸의 감각을 바짝 세웠다.

손목이 움직이는 순간 피해야 한다.

'지금!'

쉬이이익!

쩡! 쩌저저적!

채찍이 바닥을 내려치는 순간 지원은 이미 옆으로 두어 바퀴를 구르고 있었다. 첫 번째 공격은 아주 제대로 피했다. 하지만 안심할 수는 없는 노릇이었다. 불검을 내려치는 이격이 있으니까.

아니나 다를까 악착같이 유지하는 시선에 불검을 든 손이 꿈틀거리는 게 보였다. 이때 못 피하면 늦으니, 지원은 이를 악물고 신형을 뒤집어 튕겨냈다. 보통은 불가능한 동작이지만 한계까지 단련된 근육이 이를 가능케 했다.

콰앙!

피한 자리로 떨어진 검이 폭탄 터진 것처럼 바닥을 넝마로 만들었다. 그리고 지원을 쓸고 지나가는 뜨거운 후폭풍. 타닥타닥 소리를 내며 돌 조각에 붙은 불을 보며 지원은 얼른 상체를 세워 옆으로 물러났다.

'자… 바로 오냐?'

파바바박!

지원의 신형이 앞으로 쏘아졌다.

생각했던 게 맞으면 여기서 바로 공격은 안 올 거라고 생각했다. 쏘아진 살처럼 지원이 쇄도하는데도 발록의 신형은 다시금 지원의 정면으로 향할 뿐, 공격은 없었다. 지원은 혀를 한 번 핥으며 쏘아지는 신형에 급제동을 걸고, 비슷한 속도로 다시 물러났다. 확인은 끝났다.

'저게 미끼면 답이 없지만⋯⋯.'

지금 당장 다른 방법이 있는 것도 아니었다. 물론 의문은 여전히 들었다. 저렇게 거대한 틈이 있다. 그런데 여태껏 태초인가 하던 그때 빼고 난공불락의 존재였다는 점이 지원의 의심을 샀다.

그러나 쉽게 그 답은 나왔다.

'저 공격 속도. 저런 걸 피할 수 있는 것들이 어디 몇이나 되겠어⋯⋯?'

육체 강화에 근접전의 스페셜리스트를 넘어, 마스터라 칭해도 좋을 지원 본인까지 이렇게 피하는 게 고작일 정도다. 속도, 위력, 그리고 붙으면 대상을 재로 만들기 전까지 꺼지지 않는 불길까지.

이 정도면 솔직히 난공불락이 맞았다.

타락 천사의 활을 든 석영이 이 자리에 있었어도 저 공격을 피하긴 어려웠을 거다. 자신도 겨우, 정말 모든 감각을 총동원해 겨우 피하고 있는 실정이니까.

지원은 이 세상을 다 돌아보진 않았지만, 전체적인 무력 수준이 그리 뛰어나지 않다는 걸 안다. 소설을 보면 막 마법도 쏘고, 검에 기운을 씌워 쇠를 두부 자르듯 자르는 그런 수준

이 절대 아니었다. 마법은 쇠퇴해 생활에 도움이 될 마법만
남아 있고, 기를 다루는 자들은 이 거대한 대륙을 통틀어 겨
우 사십이 채 안 되는 상황이다.

그중 초인 하나를 이미 지원이 목을 땄다.

어렵지 않게 말이다.

'뭐, 그런 건 중요한 게 아니고……'

어차피 이 세상에서 자신이 강하다는 건 그냥 좋은 일일
뿐이다. 그러니 그냥 그렇게 생각하고, 지금은 눈앞의 괴물을
처단할 때다.

"자… 해볼까?"

후읍.

숨을 참은 지원이 움직였다.

파바박!

지면을 박차자마자 어느새 신형을 다시 돌린 발록의 채찍
이 꿈틀거렸다. 쉐에에엑! 쩡! 쩌저저적! 지면이 갈라지고 터진
다. 지독히 단순한 공격. 아주 정직한 공격. 이런 건 눈 감고
는… 힘들겠지만 그래도 못 피할 건 아니다.

"내가… 등신도 아니고!"

후웅!

콰앙!

지면이 화끈하게 터져 나간다. 바닥을 개처럼 데굴데굴 굴
러 꼴사납긴 하지만, 제대로 피한 그녀는 그대로 발록의 등 뒤

로 돌아갔다. 공격 속도에 비해 육체를 움직이는 동작은 느리기 그지없다. 아니, 일반적인 기준으로 본다면 빠르다. 하지만 지원은 그보다 훨씬 빨랐다.

푹!

부-우-우-욱!

등가죽을 뚫고 들어간 검. 그리고 등가죽을 갈라 버리는 소리가 연달아 들렸다. 날카롭긴 한지 제대로 상처를 냈다.

그런데도 발록은 신음 하나 지르지 않았다.

독한 새끼! 라고 속으로 생각하던 지원은 팔꿈치가 움찔거리는 걸 보고 바로 검을 뽑아 뒤로 물러났다. 후웅! 하고 검이 지나갔다. 좀 전과는 다른 공격. 이건 방어 동작이라고 생각한 지원은 검에 묻은 검은 연기 같은 걸 흔들어 털어냈다.

'어?'

그러는 와중에 지원은 딱 발견했다.

연기에 싸여 아물어가는 등의 상처 사이로 검붉은 빛이 일렁이는 걸. 지원은 본능적으로 깨달았다.

저거다.

저게 약점이다.

생각하는 순간 그녀의 몸은 이미 움직였다.

파바박!

지면을 박찬 그녀는 어느새 신형을 돌리려고 하는 발록의 등 뒤를 잡기 위해 뛰었다. 공격 속도는 발록이 압도적이다.

그러나 육체의 속도는 지원이 한 수 위였다.

콰앙! 쩌엉!

연달아 날아오는 두 번의 공격을 다 피한 지원은 기어코 발록의 등 뒤를 잡았다. 넓적한 등판이 보였다. 아직 전부 아물지 않은 상처도 보였다.

지원은 득달같이 달려들어 다시 그 자리에 칼을 꽂았다.

푹!

부우우욱!

그리고 쭉 내리 긋자 안쪽에 검붉은 빛이 다시 보였다.

히죽.

"이건가 봐?"

쩡!

쩌엉!

등판에 매달린 채 어느새 꺼내 든 다른 검으로 검붉은 빛을 흘리는 요사한 결정체를 내려찍었다.

─크……

발록의 비명이 처음으로 들렸다.

"그만 끝내자."

쩌저적!

말이 끝나기 무섭게 결정체에 균열이 갔고, 지원은 있는 힘껏 보상으로 받은 검을 찔러 넣었다.

쩡!

쩌저저적!

균열은 이내 더 커졌다. 그리고 요사한 검붉은 빛이 난반사를 일으키며, 폭발 조짐을 보였다. 검을 놓고 멀찍이 떨어졌다.

—크으으으…….

확실히 약점이 맞았는지 억눌린 비명과 함께 몸부림치는 발록. 지원은 따가울 정도로 강렬한 빛을 손바닥으로 가리며 공동 끝으로 천천히 물러났다.

확실히 마지막이 맞았다. 높은 온도에서 끓는 물처럼 부글부글거리는 육체. 그리고 퍽! 소리와 함께 요사한 빛을 사방으로 뿌렸다. 빛이 사라지자 가렸던 손바닥을 내렸다.

"흐음……."

아무것도 없었다.

발록이 서 있던 자리에는 정말 말 그대로 아무것도 없었다. 재조차 남기지 않고 그대로 사라졌다.

"뭐 이리 허무해?"

지원은 피식 웃은 뒤 발록이 서 있던 자리로 천천히 걸었다. 물론 긴장을 푼 건 아니었다. 전투가 끝난 뒤가 오히려 더 위험할 수도 있다는 건 이미 수많은 경험으로 아주 잘 알고 있었다.

"음……."

황자에게 받았던 검과 그 이전에 주로 쓰던 검도 전부 없어졌다. 아마도 발록이 폭발할 때 같이 소멸한 것 같았다. 아까웠다. 날이 제법 죽여줬던 놈들인데.

그녀는 뭐 떨어진 게 없나 주변을 살펴봤다.

응당 그렇듯, 보스를 때려잡았음 보상을 줘야 하는데…….

"아, 진짜…….."

아무것도 없었다.

그래서 허탈함에 바닥을 몇 번 툭툭 차고 크게 한숨을 들이쉬는 지원은 갑자기 어깨를 움츠렸다가 바로 그 자리서 이탈했다.

쿠웅! 쿠구구궁!

갑자기 바닥에서 이상한 진동을 느꼈기 때문이고, 그 느낌대로 바닥이 진동을 하더니 마치 전자 개폐문처럼 활짝 열렸다. 예상치 못했기에 잠깐 놀란 가슴을 진정시키고는 그 열린 바닥을 슬쩍 들여다보았다. 어두울 거란 예상은 보기 좋게 빗나갔고, 다시 지하로 통하는 계단이 보였다.

스릅.

아주 훌륭한 유혹이었다.

저 안에 뭐가 있을지 궁금하지 않으면 그건 사람이 아니었다. 그리고 전투가 끝났으니 달콤한 보상이 있을 거란 기대감도 있었다. 물론 지원은 그런 걸 원하진 않았다. 보상보다는 그 이상의 것을 원했다.

삶의 지속 이유.

지원은 보조로 가지고 다니던 검을 뽑아 쥐고는 천천히 계단 아래로 내려갔다.

이번 계단은 길지 않았다. 어느새 계단이 끝나 짙은 푸른색 바탕으로 전체가 도배된 공동에 들어섰다.

그녀는 첫걸음을 떼자마자 그대로 얼어붙었다. 위에 있던 공동과 거의 비슷한 넓이에 푸른 광채를 뿌리는 수십 개의 수정이 박혀 있었다. 이것까지는 그렇게 놀랄 것도 아니었다.

"이게 대체……"

그녀를 놀라게 한 건, 그 수정 안에 사람이 있었기 때문이다. 마치 영화에 나오는 냉동 인간처럼 수정 안에 인간이 들어가 있었다. 다만 다른 게 있다면 모두 자세가 제각각이었다. 검과 방패를 든 전사, 도를 든 도객, 지팡이를 든 여마법사, 쌍검을 든 검사, 거대한 창을 든 투사 등등 각양각색의 외모와 복장, 무기를 든 남녀들이다. 인형? 그럴 리가 없었다.

지원은 본능적으로 알아차렸다.

이들은 인간이고, 어떠한 특수한 상황이 벌어져 저렇게 수정 안에 갇혔다는 것을.

수정의 개수는 거의 서른 개에 가까웠다. 다른 특징은 이들 전부가 진을 짜고, 한 방향을 바라보고 있었다. 지원은 면면을 살펴보다가 시선이 향하는 방향으로 걸어갔다. 이리저리 수정을 피해 진원지로 갔다.

"아……"

마침내 도달했을 때, 지원은 탁한 숨을 토해냈다.

역으로 수정 안에 있는 사람들을 바라보는 사람이 딱 하나다. 이는 적이라는 뜻이고, 혼자 저 많은 수의 적을 감당하고 있다는 뜻도 된다.

그런데 그것 때문에 지원이 숨을 토해낸 게 아니었다.

"뭐지……."

얼굴 부분만 이상하게 수정 색이 탁해 보이지 않았지만, 어쩐지 익숙했다. 기묘한 감각이 그녀를 사로잡았다.

"뭐야, 뭔데… 어?"

주륵.

주르륵.

그녀는 깜짝 놀랐다.

갑자기 볼을 타고 흐르기 시작한 눈물이 느껴졌기 때문이다. 부지불식간에, 정말 뭘 어떻게 할 틈도 없이 갑자기 흐른 눈물이었다. 그래서 지원은 아주 오랜만에 혼란을 느껴야 했다. 두 볼을 타고 흐르는 눈물은 멈추지 않았다.

"나… 슬프지 않은데?"

그 말을 멍하니 내뱉으면서도 지원은 얼굴이 보이지 않는 수정에서 눈을 떼지 못했다. 스윽 손을 뻗어 수정에 가져다 댄 지원은 부르르! 온몸을 타고 흐르는 강렬한 전류에 급히 손을 뗐다. 찌릿찌릿한 감각이 느껴졌다.

"으……."

평소라면 절대로 하지 않았을 실수까지 했다. 이런 걸 무턱대고 만지는 건 정말 특수 요원으로서 실격이었다. 그만큼 지금 그녀는 혼란스러웠다. 뇌리를 건드리는 기묘한 감각. 그리고 통제할 틈도 없이 흐르기 시작해서 지금도 멈추지 않는 눈물. 그 모든 게 수정을 보고, 수정 속에 갇힌 사내를 보고 나서 생긴 일이었다.

수정의 주변을 돌면서 봐도 얼굴은 보이질 않았다.

"당신… 이야?"

그런데도 지원은 가장 가능성 있는 이유를 유추해 냈고, 물어봤다. 하지만 당연히 답은 들려오지 않았다.

"정말… 당신 맞냐고."

존재 자체만으로 심장을 뛰게 하고, 눈물이 흐르게 하고, 이제야 알아차린 기묘한 감각, 그리움을 느끼게 하는 건 지원에게 그밖에 없었다. 온 마음을 다해 사랑했던 '강지영', 오직 그밖에 없었다.

그 절벽에서 떨어져 죽었을 거라 내내 부정했고, 끝내 부정하고 있는 그 사람. 지원에게 이런 감정을 느끼게 할 사람은 오직 그밖에 없었다. 그래서 지금 그녀의 가슴은 맹렬하게 뛰기 시작했다.

바라왔다.

삶을 지속할 이유를 찾기를.

스윽.

말없이 손을 가져다 댔다. 찌릿한 감각에 어쩔 수 없이 다시 손을 뺐다. 그리고 다시 가져다 댔다.

찌릿!

그녀의 눈빛에 나른함이 사라졌다. 그리고 전에 없던 의지가 활활 타오르기 시작했다.

목적이 없었던 삶. 그녀는 느꼈다. 이제는 그 삶을 끝낼 때라고. 온전한 목표가 생겼다. 퀘스트? 그래, 그렇게 생각해도 좋을 거다. 그녀에게만 특별히 부여된 퀘스트.

근데 진짜 퀘스트가 생겼다.

신세계 퀘스트가 발생했습니다.

눈을 감고 잠시 침묵하던 지원은 후우, 격렬하게 뛰는 가슴을 진정시키고 눈을 뜬 뒤 수정을 바라봤다.

얼굴이 보이지 않는 사내가 보였다.

"당신이길 빌게."

슥.

그 말을 끝으로 지원은 돌아섰다.

돌아선 그녀의 눈빛은 결심으로 인해 매우 아름답게 빛나고 있었다.

그렇게 한 사람은 삶을 지키기 위해 처절한 투쟁을 하고, 또 한 사람은 그 사람을 위해 분노하고, 마지막 한 사람은 삶의 의미를 찾던 그 순간, 현실은 난장판이 되어가고 있었다.

*   *   *

몬스터 소환.

예고 없이 두 번째 몬스터 소환이 터졌다.

장소는 아메리카 대륙.

그것도 미합중국의 중앙에 직격으로 터졌다. 천공 수정에서 갑자기 쏘아 올린 수없이 많은 빛이 태평양을 건넜고, 샌프란시스코, 로스앤젤레스, 라스베이거스의 중간쯤에 그대로 쏟아져 내렸다.

걸린 시간은 약 두 시간 남짓.

이 두 시간 남짓 사이 미합중국의 대응은 빨랐다. 강대한 군사 대국인 미합중국은 이미 수없이 많은 초계함과 초계기를 띄워 천공 수정을 포위, 감시하고 있었다. 그러니 그 과정 또한 곧바로 파악했고, 보고는 즉각 화이트하우스로 전달됐다.

과연 미국.

보고가 들어가고 채 5분이 지나기도 전에 전군 비상령이 떨어졌다. 동시에 민간인 소개령이 내려졌다.

이어서 수천수만의 빛줄기를 파악하기 위해 영해에 있던 모든 항공모함에서 일제히 전투기가 발진했다. 여기까지도 매우 훌륭했다. 그 뒤도 나무랄 것 없는 대응을 보였다. 화이트하

우스에서 날아간 연락이 영국, 독일, 러시아, 중국 등 군사 강국과 요즘 떠오르는 차세대 군사력이라 평가받는 유저의 수가 가장 많은 대한민국 또한 연락이 갔다.

1시간째 태평양 상공을 빛줄기가 가로지르고 있을 때 미합중국은 자국이 보유한 모든 군사력을 동원할 준비를 끝냈다. 이러한 사실을 통제할 겨를이 없어 솔직하고 과감하게 모든 사실을 내보냈다.

갑작스러운 몬스터 공습.

전투기에 잡혀 실시간으로 송출되는 거대한 몬스터 웨이브가 몰아닥치는 광경은 신비함이 가득했다.

하지만 모두가 안다. 저 빛이 대지에 안착하면 빛 하나하나가 몬스터로 화한다는 것을. 영화에서나 게임에서 보던 괴물들이 실제로 현실로 튀어나와 잔혹한 학살을 벌일 것이라는 것을.

그리고 그걸 막아줄 미국 유저가 별로 없다는 것을 전 세계인이 알고 있었다.

오, 하느님.

갓 뎀.

신을 찾는 자, 신을 빌어 욕하는 자.

1시간 30분.

40분, 50분. 태평양을 가로지른 수만의 빛줄기가 궤적을 꺾어, 아래로 뚝 떨어지기 시작했다. 장소는 샌프란시스코, 로스앤젤레스, 라스베이거스를 선으로 이은 중앙 부분을 중심으로 쏟아졌다.

전군이 즉각 동원됐다.

그러나 미국은 잘 몰랐다. 처음 대응하기도 하지만 이 괴물들, 정말 웬만한 돌격 소총으로 겨우겨우 전진만 멈추게 할 뿐이라는 걸.

이어, 미국 역사에 피의 한 달이라 명명되는 지옥이 시작됐다.

*   *   *

라스베이거스.

사막의 기적이라 불리는 지구 최대의 향락의 도시. 거대한 호텔들이 즐비하고, 그 덕분에 화려함으로는 두바이와 지구상에서 최고를 자랑하는 도시. 그런 도시가 라스베이거스다. 그러나 피의 한 달, 그 일주일째에 들어서서는 그런 위용은 씻은 듯이 사라졌다.

"무브무브!"

"고고고!"

투두두두!

투두두두!

"뒤로 빠져! 빠지라고!"

미 육군 소속 소령 프릴은 악을 바락바락 써서 중대를 뒤로 물렸다. 그녀의 명령에 중대원들은 끼럭끼럭거리는 고블린들에게 견제 사격을 하며 바로 물러나기 시작했다.

여성으로서 중대를 맡기란 쉽지 않지만 그녀에게는 그런 능력이 있었다. 그녀는 본인의 예쁘장한 프릴이란 이름과는 다르게 신장 180㎝에 체중 65㎏의 거구, 수많은 무기술을 습득하고 모든 총기에 능하며, 리더의 기질이 충분했기 때문이다. 이를 악물며 중대를 물리는 프릴의 귀에 요상한 소리가 들렸다.

휘리리릭!

퍼걱!

바람 갈라지는 소리가 들리더니 그녀도 익히 알며, 지극히 듣기 싫은 소음이 뒤따랐다. 급히 고개를 돌린 시선에 중대원 하나가 머리에 도끼를 박은 채 뒤로 넘어가는 게 보였다.

"존! 조온……!"

옆에 있던 병사가 급히 그에게 달려들었다.

그러나 헬멧까지 깨며 머리에 도끼를 박은 병사가 살아날 일은 아마 세상이 두 쪽 나도 없을 거다.

"후퇴! 뒤로 빠져!"

"존……!"

"뻑!"

프릴은 동료의 죽음에 오열하려는 병사의 목덜미를 잡아당겼다.

"빠져! 여기서 죽고 싶어!"

"크윽!"

눈물과 함께 이를 악물며 일어나는 병사는 신입이다. 신뻥은 으레 그렇듯 감정 조절이 힘들다. 특히 죽음에 관해서는 말이다. 동료의 죽음은 그 순간 받아들여야 한다. 전장은 전장에 참여한 병사의 감정을 용인해 주는 곳이 아니니까 말이다.

그녀는 신뻥과 중대를 이끌고 옛날엔 찬란하게 빛났을 호텔 로비로 들어섰다.

중대를 정비하기 위해서였다.

힐튼(Hilton)호텔.

불과 일주일 전까지만 해도 휘황찬란했을 로비의 모습은 아주 개판이었다. 미처 도망치지 못한 시민들의 팔다리와 아군의 시체가 도처에 널려 있었다. 시체가 썩으며 나는 악취로 숨도 쉬기 힘들지만 지금 당장은 어쩔 수 없었다.

해가 지고 있었다.

밤만 되면 야행성인 놈들은 더욱더 지랄 발광을 떨고, 강력해진다. 어느 한곳을 진지로 삼는 게 훨씬 더 현명한 선택이었다. 프릴은 그런 현명한 선택을 내릴 줄 알았다.

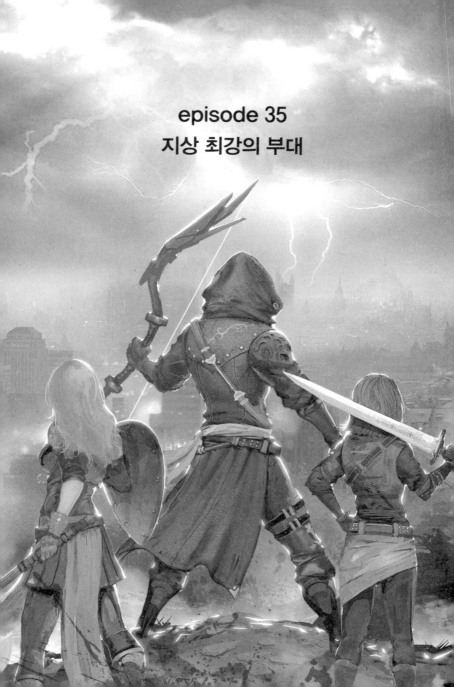

다행히 놈들은 프릴 중대의 격렬한 저항에 지쳤는지 바로 공격해 오지는 않았다. 만약 몰려들면 입구를 C4로 터뜨려서라도 막으려고 했다. 로비 근처에 은폐 엄폐한 채 입구를 뚫어지게 노려보는 프릴.

10분이 지나도록 조용하자 프릴은 중대에 교대 휴식 명령을 내렸다.

"후……."

프릴은 길게 한숨을 내쉰 뒤 수통을 꺼내 입을 축였다. 지친다. 프릴은 실제 전장을 겪어봤다. 근데 피비린내 짙게 나던 전장도 이렇게 프릴을 지치게 하진 않았다. 이 정도면 차라리…….

"아프리카가 낫겠어……."

세계열강들의 이합집산이 뭉쳐 있는 대지, 아프리카. 그곳은 지금까지도 피비린내 나는 전쟁터였다. 반군과 정부군, 열강의 군대가 뒤섞여 전쟁을 벌였다. 그런 곳에서 프릴은 무려 5년을 있었다. 물론 그곳이 처음은 아니었다. 그 이전에도 아프칸, 레바논 등등 많은 전장을 겪었다.

그리고 살아남았다.

괴물들, 고블린에 대한 교본이야 이미 머릿속에 각인되도록 외우고, 또 외웠다. 외울 수밖에 없었던 건 싸워본 적이 없었기 때문이다. 최초의 몬스터 소환은 동북아시아에서 일어났다. 미군을 포함한 모든 열강이 사실 마지막 잔당 처리 때 빼고 군을 투입하지 않았다. 그래서 경험이 없었다.

프릴이 이끄는 중대는 우수한 부대고, 그런 우수한 부대를 혹시 모를 위험이 잔뜩 도사리던 당시 동북아시아에 투입할 이유가 없었다.

"괜찮습니까?"

부스럭거리는 소리를 내며 옆에 앉아 물어오는 삼십 대 중반의 군인. 상사인 마이클이었다. 신장 185에 전형적인 백인인 그는 프릴이 가장 믿는 부관이었다. 그리고 처음 교전 때 전사한 부중대장을 대신하고 있는 역전의 군인이기도 했다.

"그럼, 이 정도야 아직 거뜬하지."

"하하, 역시 존경스럽습니다. 저는 겁나서 팔다리가 후들거리는데 말입니다."

프릴은 빤히 마이클을 바라봤다. 거짓말이었다. 얼굴 어디에도 겁이라고는 찾아볼 수가 없었다. 이는 이 상황에서도 프릴의 기분을 풀어주기 위함이었고, 프릴은 이를 탓하지 않았다. 자신이 중대장이다.

잘못된 선택이 중대를 전멸로 이끄니 정신적인 스트레스는 최대한 피하거나, 풀어주는 게 상책이었다.

"본부와 교신은?"

"아직도 먹통입니다. 대체 왜 이러는 건지······."

"후우······."

스트레스를 받으면 안 되는데 스트레스에 머리가 지끈거린다. 전장에 들어서는 순간, 본부와 교신은 물론 라스베이거스에 같이 들어온 다른 중대와의 교신도 모조리 끊겼다. 애초에 약속했던 메인 채널은 물론, 서브 채널엔 전부 잡음만 들릴 뿐이었다. 그래서 문제가 생겼다.

"탄은?"

"강화탄은 대원당··· 두 탄창 정도입니다."

"지랄··· 식량은?"

"이틀? 길어야 삼 일 정도 될 겁니다."

마이클의 보고에 프릴은 후, 하고 짧은 한숨을 토해냈다. 보급이 지랄이었다. 강화탄. 리얼 라니아인가 뭔가에서만 나오는 마법 주문서로 특별하게 마법적 대미지를 가미한 탄을 말한다. 이 탄이 아니면 저 빌어먹을 고블린들을 잡을 방도가 없었다.

미사일? 알라의 요술봉도 깔끔하게 무시하는 놈들이다. 검게 그을리기만 할 뿐, 불길을 뚫고 그냥 달려든다. 결국은 그 놈에 주문서로 강화한 탄만이 답이다. 그래도 기본 강화를 최대한 한 대검은 소지 중이지만 이 대검은 정말 생명 줄이다. 근접전이 벌어졌을 때를 대비한 생명 줄 말이다.

그리고 총이 있는데 미쳤다고 버리고 근접전으로 가겠나. 수가 또 적으면 모르지만, 한 번 출몰할 때마다 다섯은 기본이다.

일반 고블린에 정예인 프릴 중대가 밀릴 일은 없었다. 하지만 일반 고블린만 있는 게 아니었다. 몽둥이가 아닌 무기를 든 전사 계급과 몸을 마비시키거나 급속 중독을 거는 주술사들이 있었다. 이것들은 정말 지독하게 까다로워서 다가가는 것보다는 그냥 화력을 뭉쳐 죽이는 게 최선이었다.

그리고 프릴은 군인이다. 검보다는 총이 훨씬 익숙했다. 물론 프릴 중대 전체도 마찬가지였고.

"다음 보급까지는 얼마나 남았지?"

"내일 오전 열 시경이니, 못해도 20시간은 버텨야 합니다."

"미치겠군."

그나마 일주일간 프릴 중대가 버틸 수 있었던 건, 교신이 막히자 미리 정해놓은 포인트로 보급품을 투하하고 사라지는 본부 중대 덕분이었다.

이들은 프로였다. 교신이 막힐 경우를 대비해서도 충분히 시나리오를 짰났다. 그 시나리오 덕분에 프릴 중대가 여태껏 버틸 수 있었다.

"후, 차라리 여길 버리는 게 낫지 않겠습니까?"

"상부에서 여길 버릴 것 같아?"

마이클의 한숨 섞인 말에 프릴은 단박에 되물었다. 그러자 마이클도 자신의 말이 정말 말도 안 된다는 것을 깨닫고는 다시 한숨을 내쉬었다. 라스베이거스. 뉴욕이나 워싱턴보다야 좀 떨어지지만, 사막 위에 세운 이 거대한 향락의 도시도 미국의 상징 중 하나임에는 틀림없었다. 그걸 아는 정부가 라스베이거스를 포기할 리가 없었다.

"그리고 그 작은 나라도 막았어. 본국의 한 개 주에도 못 미치는 그런 작은 나라가 말이야. 아주 깔끔하게 정리했지. 피해도 동북아시아에서는 최고로 적었고."

"코리아… 말입니까?"

"그래, 그 작은 나라. 이제는 절대 무시 못 할 유저를 보유한 초인 국가. 본국이 그런 한국보다 못한 결과가 나올 선택을 할 리가 절대 없어."

"음… 그건 그렇겠습니다."

마이클도, 프릴도 당시 한국의 상황을 실시간을 확인했다. 전투 장면은 물론, 한국 정부가 어떻게 움직이는지 확실하게 봤다. 몇십만 유저가 움직이자 소탕을 끝내는 데 세 달이 채 넘지 않았다.

그런데 자신들은?

작전 직전에 듣기로는 라스베이거스 탈환에 투입된 중대는 정확히 100개 팀이다. 20명으로 이루어진 소규모 중대지만 실력을 생각하면 이 정도면 웬만한 중소국의 수도는 아주 불바다로 만들어 버릴 수 있는 전력이다.

델타포스, 스페셜포스 등등 미합중국이 자랑하는 부대는 거의 대부분 동원됐다고 들었다. 프릴 중대도 대외적으로 알려지지 않은 육군 특수 팀이었다.

"몇이나 잡았지, 우리?"

"그 괴물들 말입니까?"

"그래."

"음… 한 백 마리쯤 잡지 않았겠습니까?"

"백… 일주일간 겨우 백."

프릴은 헛웃음을 흘렸다.

그녀는 이름조차 없는 자신이 이끄는 육군 특수 팀이 델타포스와 비교해도 꿀리지 않는 팀이라 자부할 수 있었다. 훈련량도 훈련량이지만, 극비리에 육군에서 뛰어난 군인들만 모아서 만든 부대이기 때문이다. 그만큼 실력 면에서는 투입된 그 어떤 부대와 비교해도 결코 부족함이 없었다.

그런 그녀가 이끄는 부대가 소수로 따로 떨어져 움직이는 고블린만 사냥해서 겨우 일주일간 백 마리 정도 잡았다. 그럼 다른 부대도 엇비슷할 거다.

"여기에 얼마나 떨어졌을까?"

"못해도 오천 정도라 들었습니다."

오천.

앞에 붙은 말은 못해도… 그렇다면 그 이상일 수 있다는 뜻이었다. 프릴은 상황을 냉정하게 분석했다.

'좋지 않아……'

스물이 투입된 자신의 중대. 그런데 지금은 열넷이다. 일주일간 거의 하루에 하나씩 죽어나갔다. 시체조차 수습하지 못한 대원들이 여섯이란 소리다. 교신이 되질 않아 상황이 어떻게 돌아가는지는 모르지만, 전멸한 부대도 분명 있을 거라 생각하는 그녀였다.

이런 전투는 정말 정보가 중요하다. 그것도 최신 정보. 프릴은 이 점이 너무 답답했다. 뭘 알아야 앞으로 어떻게 움직일지 정할 수 있는데, 그걸 할 수가 없었다. 그래서 최초 목적인 섬멸전만 고집해야 하는 상황이다.

"중대장님."

"왜?"

"준비해야겠습니다."

그 말에 프릴은 정신이 번쩍 들었다. 생각에 너무 깊게 빠지는 바람에 주변 파악이 늦었다. 급히 장비를 챙긴 프릴은 로비 입구를 노려봤다. 이미 해는 졌고, 거리는 어두웠다. 로비도 마찬가지로 전기를 차단한 상태지만 야간 투시경으로 주변 지형 파악은 가능하다.

"후… 빌어먹을 괴물들."

"그 말에 격하게 동감이야."

마이클의 말에 동의하는 프릴. 야간 투시경으로 보이는 녹색 눈동자를 본다면 그 말에 동의할 수밖에 없었다.

"수는?"

"음… 밖이라 확인이 불가… 척후에서 신호를 보냈습니다. 오십입니다."

"오십……."

더럽게 많은 수였다.

고작 프릴 중대는 고작 열 넷이고, 강화탄을 작정하고 갈기면 저 정도야 아주 순식간에 정리가 가능하다. 하지만 총성이 울리면 괴물들은 몰려든다. 그리고 밤이라 저 괴물들은 발정난 개처럼 날뛸 거다. 그건 며칠간 직접 경험했으니 분명한 사실이다. 하필이면 현재 있는 곳은 힐튼호텔. 총성이 난 뒤 괴물이 몰려들면 고립된다. 고립은? 죽음이다. 하지만 방법이 없는 것도 아니었다.

"이 층으로 조용히 이동시켜."

"네."

마이클은 프릴의 생각을 눈치챘는지, 짧은 휘파람을 분 뒤

수신호를 전달했다. 프릴은 과감하게 선택을 내렸다. 층계를 무너뜨리기로. 스스로 고립을 선택하는 꼴이지만 차라리 그게 낫다.

일단 이 새벽만 잘 넘기면 내일 창문을 깨고 나갈 수 있으니 말이다. 그렇게 프릴 중대는 부상자부터 천천히 2층으로 이동을 시작했다. 프릴은 제발 갑자기 달려들지만 말아줬으면 했다.

놈들은 영악했다. 후퇴하려는 움직임을 보이면 아주 귀신같이 눈치채고 달려들었다. 이러한 사실 또한 지난 며칠 간 아주 처절하게 겪었다.

"여기 이 층으로 이동하는 통로가 몇 개나 되지?"

"확인해 봐야겠지만… 꽤 될 겁니다. 다 무너뜨립니까?"

"그래야겠지. 선발대 보내서 확인하고 폭탄 설치하라고 해."

"알겠습니다."

삑.

마이클이 다시 수신호를 보낼 때, 프릴이 급히 작은 목소리로 첨언을 붙였다.

"승강기도!"

"네."

혹시 또 모른다.

저놈들, 승강기까지 타고 올라올지. 프릴은 이왕 고립될 거, 완벽한 고립을 선택했다. 그런데 그게 또 그렇게 생각처럼 쉬운 게 아니었다.

"어? 무브! 고고고!"

괴물들이 움직였다.

지금처럼 슬금슬금 다가오는 게 아니라 득달같이 달려들었다.

키케케케케!

괴물들이 내는 소리가 깨진 회전문을 통해 넘어왔다.

투다다다다!

투다다다다!

전방 척후조가 견제 사격을 가하는 소리가 들려왔다. 그리고 경악에 찬 소리와 함께 급히 신형을 돌려 도망쳐 오는 것도 보였다.

"미친! 워리어다!"

흠칫!

이 층으로 가라고 미친년처럼 소리치던 프릴도 그 외침에 오싹한 기운이 등골을 훑고 지나가는 걸 느꼈다.

고블린 전사(戰士), 영어권에서는 워리어(Warrior)라 부르는 놈이다.

창이나 검, 도끼를 든 일반 고블린의 상위 계체. 웬만한 강화탄으로는 놈들이 입고 있는 갑주에 홈집조차 낼 수 없었다. 수류탄? 지뢰? 모두 무용지물이었다. 이놈들을 잡으려면 고강화 아이템으로 썰어버리는 수밖에 없었다. 그러나 지금 이곳에 리얼 라니아에 접속 가능한 히어로(HERO)는 없었다.

강화 아이템은 오직 소총류가 전부였다.

"무브무브!"

프릴은 다급하게 로비에서 달려오는 대원들을 불렀다.

꽈작!

우드득!

회전문을 통째로 뜯어내듯 부수며 들어온 워리어가 이상하게 길게 느껴지는 로비의 입구로 들어섰다.

크워워!

그리고 배틀 크라이가 로비를 강타했다.

"으윽!"

피부가 따끔거릴 정도로 강렬한 전투 함성이 프릴의 전신을 두들겼다.

크워워!

휘릭릭!

달려들던 워리어가 손에 든 도끼를 그대로 내던졌다. 프릴은 심장이 덜컥 내려앉는 걸 느꼈다. 이 소리가 날 때면 항상 중대원의 죽음이 뒤따랐다.

스각!

퍽!

"안 돼……! 윽!"

급하게 달려오던 대원의 머리를 그대로 갈라 버리고, 프릴의 바로 옆 벽에 그대로 박히는 도끼. 천운이었다. 본능적으로 고개를 비틀지 않았다면 도끼는 프릴의 얼굴에 그대로 틀어박혔을 각도였다.

"중대장님! 올라오십시오!"

계단 위에서 마이클의 급박한 목소리가 들렸다. 프릴은 그러고 싶었다. 하지만 아직 로비를 가로지르고 있는 대원이 있었다.

"빨리! 더 빨리 뛰어, 이 새끼야!"

프릴은 그 중대원을 포기할 수 없었다.

이를 악물고 뛰는 중대원의 뒤로 다시금 어깨를 당기는 고블린 워리어가 보였다. 저 동작 뒤에 육안으로 파악이 불가능한 투척 공격이 온다.

"미든! 굴러!"

"흡!"

프릴의 급한 외침 뒤에 헉헉거리며 달려오던 중대원, 미든이 그대로 앞으로 굴렀다. 그런데 페이크였다. 어깨를 당겼던 고블린 워리어의 입꼬리가 슬그머니 말려 올라가는 걸 착시처럼 프릴이 본 순간, 워리어가 그 자세 그대로 공중으로 몸을 날렸다.

"억… 안 돼!"

쉬이이익!

후웅!

퍼걱!

몸을 굴린 미든의 등 뒤로 떨어져 내리면서 한껏 당겼던 도끼를 그대로 장작 쪼개듯 바닥을 내려치는 고블린 워리어. 그 한 방에 미든의 몸이 반으로 쩍 갈렸다.

"어… 으아악! 이 개새끼가!"

우롱당했다.

그녀는 워리어가 자신을 가지고 놀았다는 걸 깨달았고, 들불처럼 분노가 화르르 타오르자 그대로 군용 대검을 뽑으려고 발목으로 손을 가져갔다. 냉정해야 한다. 프릴은 수많은 작전을 뛴 경험이 있다. 그런데 이렇게 우롱당하니 냉정이고 나발이고 싹 증발하는 걸 느꼈다.

와락!

"중대장님!"

"저 개자식 죽여 버리겠어!"

"일단 올라갑시다! 살고 나서 복수든 뭐든 하자는 겁니다!"

"이 썅… 뻑!"

프릴은 마이클의 말에 들불처럼 흔들리던 냉정을 급하게 바로잡았다. 바로 몸을 날려 계단을 내달리는 두 사람.

키히히히…….

등 뒤에서 비열하게 웃고 있는 놈의 목소리가 들렸다.

으득!

'빌어먹을……! 나도 차라리 히어로였다면!'

동북아시아에서는 유저라고 불렸다.

하지만 북아메리카, 그중 영웅주의가 팽배한 미합중국은 유저 대신 히어로라고 불렀다. 리얼 라니아란 극한 세상에 진입해, 자신을 초인으로 만들 수 있는 자들. 그 모습이 마치 영화 속 히어로와 다를 게 없었다.

프릴은 지금까지 히어로가 되고 싶다는 생각을 해본 적이 없었다. 한평생을 군인으로 살았다. 군인 정신이 투철했기 때문에 괴물들이 나타난다고 해도 솔직히 화력으로 제압할 자신이 마음 한구석에 대놓고 자리 잡고 있었기 때문이다. 그리고 라스베이거스 섬멸전 투입 후에도 중대의 피해는 있었지만 착실하게 괴물들을 잡아 죽였다. 그런데 좀 전, 그 생각이 깨졌다. 우롱당했다.

아주 제대로 유린당했다.

지능종이라더니, 그녀를 제대로 이용해 아군을 죽였다.

으드득!

"폭파! 터뜨려!"

프릴은 3층까지 올라간 순간 곧바로 외쳤다.

콰웅……! 콰아앙……!

연달아 수차례 폭음이 울렸다.

우르르!

벽과 지면이 마구 흔들렸지만 이 정도는 그냥 애교다. 진짜 제대로 된 공습까지 받아본 적이 있던 그녀다. 이 정도야 그냥 웃으면서 버틸 수 있다. 굉음과 함께 먼지가 피어오르는 게

단을 보며 프릴은 마이클에게 작은 목소리로 물었다.

"반대쪽 계단은?"

"애들 보냈습니다. 지금⋯⋯."

콰웅! 콰르릉! 콰앙!

곧바로 화답하듯 폭음이 들렸다. 고개를 끄덕인 프릴은 다시 위층으로 향했다. 안심할 때는 아직 아니었다. 아까 놈의 지능으로 봤을 때, 무슨 수를 쓰든 쓸 새끼들이었다.

콰웅!

양쪽 계단 사이 중앙에 있던 승강기도 터지는 소리가 들렸다. 5층까지 올라온 프릴은 복도 벽에 등을 기댔다.

"후⋯ 씨발."

욕이 절로 나왔다.

몇 분이나 걸렸을까?

놈들의 접근을 알아차리고, 후퇴하고, 폭탄을 설치하고, 지금 현재까지 10분도 채 안 걸렸다. 그런데 대원 둘을 잃었다.

으득!

"쌰⋯⋯."

마이클도 먼지 가득한 손으로 얼굴을 쓸었다. 심정이 아주 엿 같은 상태였다. 프릴 중대. 최초 중대를 만들어서 지금까지 함께했다. 그 기간이 대력 4년 정도다. 정도 많이 들었다. 더 이상 들 정이 없을 정도였다.

그런데 불과 일주일 만에 오늘만 셋이 전사하면서 총 여덟

을 잃었다. 최악이다. 정말 그녀의 인생에 있어 오늘은 최악의
하루였다. 그런데 아직 그 최악의 하루는 끝나지 않았다.

크워워워!

아련하게 들려오는 함성.

흠칫 놀란 프릴이 급히 상체를 세웠을 때, 우르릉! 쾅! 콰앙!
괴음과 함께 건물이 흔들리기 시작했다.

＊　　　＊　　　＊

해가 지고, 달이 뜨면서 무슨 달빛을 받으면 더 사나워진다
는 늑대 인간도 아니고 아주 개지랄을 떠는 고블린들을 보면
서 한숨을 내쉬는 일단의 무리가 있었다.

"후, 이거 참, 이 무슨 달밤에 체조야?"

구불구불한 금발 머리카락. 어둠 속에서도 색을 잃지 않고
바람에 휘날리는 머리카락을 고무줄로 질끈 묶으며 중얼거리
는 여인. 예전 지원과 호흡을 맞췄던 나창미였다.

그런 그녀의 옆에는 마찬가지로 입에 고무줄을 물고 머리를
정리하고 있는 지원이 있었다. 지원의 뒤로도 머리카락을 묶
고 있는 여인들이 다수 있었다. 발록을 처단하고 모종의 결심
을 한 이후, 벌써 삼 주나 지났다. 다시 사막을 횡단해 알스테
르담 최북단의 요새에서 현실로 나오자, 세상은 아주 시기 좋
게 엉망이 되고 있었다.

그녀가 나온 딱 그 시점에 두 번째 몬스터 소환이 이루어졌다. 지원은 즉각 부대로 복귀했다. 그리고 대차게 깨졌다. 대대를 이끄는 장세미에게 아주 시원하게 욕을 얻어먹었고, 근신 처분을 받았다.

하지만 뭐, 그런 건 상관없었다. 어차피 금방 풀릴 근신이라는 걸 아니까. 예상대로 근신은 금방 풀렸다.

장세미는 미국이 돌아가는 판을 보고 파병을 결정했다. 물론 정부군으로서 정식 파병은 아니었다.

전간대대는 아는 사람도 극히 드문 부대다. 현재는 군에서도 전간대대가 있었다는 걸 아는 존재가 극히 드물었다. 정말 말 그대로, 채 열 명도 안 됐다. 게다가 그들도 전간대대는 전부 전사(戰死)한 줄 알고 있었다. 그녀들은 그렇게 세상에서 지워지고, 따로 신분 세탁을 한 이후 살고 있었다.

그러니 이번 파병은 독자적인 루트로 실행됐다. 본거지가 있는 동남아 어느 도시에서 불법 운반 업체를 통해 말이다.

이동 인원은 도시 하나당 일 분대씩 이루어졌다. 라스베이거스, 이곳은 지원이 맡았다. 다른 두 대도시 중 한 곳은 장세미 대령이, 남은 한 곳은 윤진아, 정미경 대위가 이끌고 있었다. 급히 자청해서 이렇게 전장으로 향한 이유는 실전 경험과 부수적인 아이템의 수집, 이렇게 두 가지다.

"슬슬 움직일까?"

"그래요."

싱긋 웃는 나창미의 정신 상태는 위험하다. 하지만 전투에서 그녀만큼 든든한 사람은 또 없다. 어차피 지휘야 자신이 할 테니 말이다. 그리고 이번엔 든든한 비밀 지원군이 있었다. 그녀가 독자적으로 고용한 지원군이었다.

지원은 일단 척후 둘을 전방으로 보냈다. 이동은 느렸다. 솔직히 고블린들을 잡는 건 병아리 목 비트는 것만큼이나 쉽다. 하지만 여기에 대체 얼마나 소환됐는지 그 부분이 파악이 안 되는 상황이다. 괜히 총성 잘못 냈다가 몇백 단위에 포위라도 당하면 그건 정말 귀찮은 일이 되어버린다. 게다가 무전도 안 되는 지역이다.

흩어지면 생존 확률이 대폭 떨어진다. 지원은 고블린 따위에게 전우를 잃고 싶은 생각은 추호도 없었다.

어차피 목적은 실전 경험의 누적과 아이템이다. 적당히 챙겨 먹고 복귀할 생각이었다.

'고블린은 이제 흥미도 없으니까.'

처음엔 새로웠다.

이족 보행의 괴물. 진녹색 피부에 키키키, 웃음을 흘리며 사악한 기세를 여과 없이 보이는 흉포한 생물체. 처음엔 일부러 찾아다니며 썰었다. 그러나 이제는 그러고 싶지도 않았다. 칼질도 귀찮았다.

전투 흥미가 전혀 일지 않는 상대가 되어서였다. 프로그래밍된 패턴은 없지만 약해도 너무 약했다.

발록 정도는 되어야, 그녀는 이제 흥미를 느끼는 석녀가 되어버렸다. 그렇게 이동 중, 척후에서 신호가 왔다.

지원이 손을 들어 이동을 멈추게 한 뒤, 창미를 바라봤다. 창미는 벌써 흥분 가득한 눈빛이 되어 있었다. 그런 열망이 가득 느껴지는 눈빛은 어서 빨리 싸우고 싶다고 외치고 있어, 지원은 저도 모르게 피식 웃고 말았다. 하지만 그 이전에 일단 확인이 먼저였다.

조심스럽게 척후가 있는 곳으로 이동해 규모를 확인했다.

약 스물 정도.

'흠…….'

단박에 죽일 수 있는 숫자였다.

그냥 대놓고 드르륵! 긁어버리면 말이다. 하지만 이런 고요한 정적이 가득한 곳에서는 아무리 소음기를 달아도 분명 사방으로 울림이 퍼질 거다. 그렇다고 포기하자니 번들거리던 창미의 눈빛이 걸렸다.

'그 흥분, 잠재워 줄 필요는 있어.'

지원이 무시한다고 창미가 날뛰지는 않을 거다. 그 정도로 급이 낮은 창미가 아니었다. 하지만 혹시 모를 위험은 역시 제거하고 가야 속이 후련하다.

지켜보고 있으라고 한 지원은 다시 창미에게 돌아갔다. 대기 중이던 창미가 기대에 찬 눈빛으로 창미는 지원을 반겼다. 지원은 그녀에게 가, 바닥에 빠르게 손을 놀리기 시작했다.

스물, 개시하긴 딱이지?

그녀가 그렇게 적자마자 창미가 아이처럼 고개를 힘차게 끄덕였다. 지금 그녀의 눈빛은 그냥 한마디로 반짝반짝, 초롱초롱이라 할 수 있었다.

어떻게, 어떻게 할 거야?
근접. 조용히 달려들어 바로 목을 따버리게.
좋아!
놈들이 신호를 보낼 수도 있어. 그럼 아마 여기 있는 괴물들이 우르르 몰릴 거야.
괜찮아! 내가 다 이겨! 우후후!

필담인데도 창미는 느낌표까지 적어가며 자신의 생각을 강하게 어필했다. 그만큼 그녀는 지금 달아올라 있었다.
지원의 작전은 심플하면서도 어렵다. 어차피 자신을 포함한 12인은 침투, 암살을 이미 질리게 겪었다. 가장 막내도 최소 열 이상은 삼엄한 경비를 뚫고 들어가 조용히 목을 따버린 전적이 있을 정도였다.
지원은 바로 대원들을 모았다. 척후 하나 빼고 전부 모이자, 바닥에 글을 써 작전을 설명했다.

둘은 저격수로 남기고, 하나는 저격수 호위. 나머지는 근접전.

다 쓰고 고개를 들자 전원이 고개를 끄덕였다. 손으로 찍어 저격수와 호위를 배정한 다음, 주의 사항을 다시 적었다.

호각 같은 걸 불 수도 있으니까 저격수들은 놈들을 최우선으로 노려.

그 외에도 몇 가지 더 주의 사항을 주고 전투를 준비했다. 습격조들은 군장을 풀고 최대한 몸을 가볍게 만들었고, 저격 수들은 포인트를 잡아 움직였다.

그리고 채 5분도 지나기 전에 모든 준비가 끝나고, 흑의(黑衣)의 천사들이 라스베이거스의 어둠 속으로 녹아들어 갔다.

거리는 대략 10m. 지원은 일단 이동을 멈췄다. 고블린들은 신기하게도 불을 피워놓고 켁켁거리면서 놀고 있었다. 그러나 지원은 다른 부분이 신기했다.

'이상하네. 저 정도 불이면 좀 더 밝아야 하는데.'

모닥불처럼 피워놓은 불길은 제법 컸다. 그런데도 고블린의 주변 2m 정도만 밝히고 있을 뿐, 그 외의 부분은 아직 어둠 에 잠겨 있었다.

창미도 이상한지 고개를 갸웃거리고 있었다. 하지만 이내 상관없는 듯 그냥 히죽거리기만 했다. 물론 지원도 상관없었다. 어떤 작용이 라스베이거스에 적용된 게 분명한데, 지금 현재는 오히려 지원에게 훨씬 이득이었다. 습격에 어둠. 딱 좋은 공식 아닌가?

지원이 슥 손을 들어 수신호를 다시 보냈다. 그러자 흑의의 천사들은 사방으로 조용히 흩어졌다. 이제 다시 신호가 울리면 일제히 달려들 거다.

지원은 검을 뽑아 들었다.

발록과의 전투에서 검을 잃어서 지금 그녀의 검은 그냥 일반 군용 대검이었다. 하지만 어차피 이 정도만 되도 고블린의 살을 가르고 뼈를 부수기엔 문제가 없었다.

슬쩍 옆을 보니 창미는 이미 준비 완료다. 손끝에서 검을 빙글빙글 돌리면서 어서 빨리, 빨리빨리! 눈으로 연신 지원을 재촉하고 있었다. 지원은 알았다고 고개를 끄덕여 줬다. 그녀는 다시 손을 들었다. 라스베이거스에서의 첫 개전을 알리는 신호가 떨어졌다.

* * *

"오, 시작했다."

아영의 말에 석영은 고개를 끄덕였다. 그도 라스베이거스에

와 있었다. 이유야 당연히 실전 감각을 키우기 위해서였다. 그리고 실험해 볼 것도 있었고 말이다. 어차피 현재 리얼 라니아, 그리고 휘드리아젤 대륙으로 접속이 불가능했다.

석영이 의식을 다시 차렸을 때, 그가 있던 곳은 텔레포트 신녀가 있는 화장실이었다. 처음에는 멍했다. 왜? 분명 석영의 마지막 기억은 아영이 달려오던 게 마지막이었다. 그런데 눈을 떴더니 화장실? 잠시간 멍한 게 당연했다.

그러나 잠시 후 바로 이유를 알 수 있었다. 빌어먹을 시스템이 착실하게 두 번째 몬스터 소환을 알렸고, 그로 인해 모든 유저를 강제로 로그아웃시켜 버렸다. 소환이 일어나고 며칠 뒤, 미국이 고블린 떼에 정신을 못 차리고 있을 무렵 한지원이 연락을 해왔다. 미국으로 가자고. 석영은 잠시 고민한 이후, 수락했다.

보상은 아직 못 받았지만 그 이전에 실험하고 싶은 게 생겼다. 그런 석영을 지키기 위해 아영이도 합류했다. 그렇게 석영과 아영은 지원의 아는 특별한 운송 업체를 통해 라스베이거스까지 왔다.

하지만 둘은 지원과 따로 움직였다.

직접적인 전투는 지원이 이끄는 이상한 군인들이 도맡고, 석영과 아영은 혹시 모를 상황에 대비해 후미에 대기 중이었다. 물론 거리는 길지 않았다. 지금 이렇게 육안으로 확인 가능한 위치에서 대기 중이었으니까.

"오… 대박."

전투를 지켜보던 아영은 감탄했다. 시꺼먼 흑의의 천사들이 쉭쉭 마치 그림자처럼 움직였다. 그 그림자들은 정말 어찌나 빠르게 교차하며 움직이던지, 몇 명이 전투에 가담했는지도 알기 쉽지 않았다.

다만 그 그림자들이 고블린들을 스칠 때마다 진녹색 피가 훅훅 튀었다.

투웅……!

둔중한 총성.

손을 높게 들어 올렸던 고블린의 대가리가 터져 나가는 게 보였다.

"이런."

석영은 밤공기를 찢는 총성에 곧 고블린이 몰리겠다고 생각했다. 이놈들, 시각은 물론, 청각과 후각도 좋은 놈들이라 이런 둔중한 총성을 놓칠 리가 없었다.

"후, 슬슬 우리 차롄가?"

"아마도 일단은 대기하자."

"오키엽!"

혀를 빼물며 귀엽게 대답한다고 한 아영이지만, 석영은 윽, 하고 진저리를 쳤다. 저런 애교는 정말 소름이 돋았다. 그러나 아영은 아랑곳하지 않았다. 이곳에 온 이후로, 아니, 그때 전투 이후로 아영은 석영에게서 한 발자국도 떨어질 생각을 안 했다. 거머리처럼 찰싹 달라붙었다. 이곳 라스베이거스에 와서도 마찬가지였다.

키, 키키키킥.

저 멀리, 정말 먼 거리서 들려오는 소리가 석영의 청각에 잡혔다.

'이 정도면 대략 사백? 사백오십 정도 되나?'

전투 이후, 석영은 마치 한 단계 진화한 것처럼 오감이 엄청 예민해졌음을 느꼈다. 아니, 예민 그 이상이었다. 시각은 물론 청각과 촉각, 후각까지. 아, 미각도 마찬가지였다. 게다가 뭔지 모를 감각까지 느껴졌다.

석영은 그걸 식스센스, 즉 육감이라고 이름 붙였고 이게 전장에 얼마나 도움이 될지 확인해 보고 싶어 지원의 부탁을 단숨에 수락했다.

킥킥, 키케켁!

'좀 더 두꺼워. 이건 전사 계급? 아니, 주술사군.'

멀리서 바람결에 실려 오지도 않은 그 소리를 석영은 아주 확실하게 잡아냈다. 여기까지만 해도 일단 도움이 된다. 일상에서는 지랄이지만 이 정도면 전투에선 충분한 도움이 된다. 사전의 기습도 보다 빨리 알 수 있으니 말이다.

석영은 지원을 향해 시선을 돌렸다.

대단했다.

그녀는 벌써 마무리 중이었다. 전투가 시작된 지 채 5분도 지나지 않았는데 스물의 고블린이 처절하게 난자당하고 있었다.

'괴물들…….'

석영은 저 이상한 군인들이 전부 여성임을 알 수 있었다. 시각이 좋아졌다. 군살 하나 없이 탄탄하지만, 그게 여인의 체형임을 확실하게 알아봤다. 지원은 그중에서도 빛났고, 아주 익숙하게 그 여인들을 이끌고 있었다.

사실 처음에는 의아했다.

그러나 지금은 그런 의아함을 전부 접었다.

저기 있는 괴물들은 자신 정도가 아니라면 정말 상대하는 것조차 쉽지 않은 여인들이었다.

"오빠, 저런 부대 들어본 적 있어요?"

"아니, 듣도 보도 못 했다. 영화에서는 봤지만."

"그죠? 지원 언니가 대단한 이유가 있었네요. 이야… 우리나라에 저런 특수부대가 있었을 줄이야. 나는 그냥 특전사나 이런 데가 최곤 줄 알았는데."

아영이야 그럴 수 있다.

보통 여인들은 군에 대해 관심이 별로 없으니까.

하지만 남자들은 다르다.

대한민국 남자들은 군과 떼려야 뗄 수가 없는 사이다. 석영도 군대는 갔다 왔다. 그리고 으레 그렇듯, 자신이 갔다 온 부대가 제일 빡세고 힘든 부대다.

'하지만 저런 부대는 아예 처음 듣는데…….'

농담이 아니라 진짜 처음 들었다.

어떻게 된 게 하나하나가 전부 무시무시할까? 게다가 아영은 잘 못 봤지만, 석영은 그중 눈에 띄는 여인 하나를 확인했다. 거리가 멀지만 유독 고블린과 초근접으로 붙어 싸우던 여인이 있었고, 그 여인은 지원만큼이나 무시무시했다. 감각이 석영에게 그리 알려왔다.

키케케케!

크케!

석영은 슬슬 생각을 접었다.

또 다른 고블린 무리가 총성을 듣고 접근한다.

"거리 이백. 아영아, 준비해."

"응, 어디쯤?"

"뒤쪽. 내 주변만 잘 지켜. 다 저격할 거니까."

"응!"

석영은 천천히 포인트로 움직였다.

이미 봐둔 곳이 있었다. 고가도로 위, 딱 그곳이면 놈들은 석영의 정면으로 나타날 거다. 석영과 아영의 움직임은 날랬다. 한 마리 야조처럼 순식간에 고가도로 위로 이동해 자리를 잡았다.

후우, 짧게 심호흡과 함께 석영은 정신을 집중했다.

그러자 도무지 뭐라 말로 설명할 수 없는 감각이 석영을 휘감기 시작했다. 그리고 유난히 짙은 이 어둠 속에서 후드 아래 석영의 눈동자가 짙은 혈홍(血紅)색으로 물들기 시작했다.

"하아……."

내뱉은 호흡 속에 짙은 살기가 섞였다. 그러나 그것도 잠시, 살기마저 사라졌을 때 석영은 어둠에 완벽하게 녹아들어 갔다. 옆에 있던 아영은 그런 석영의 변화에 놀라 눈을 껌뻑였지만 지금 이 순간, 석영은 오직 어둠만 직시하고 있었다.

키켁!

키케케!

"와, 왔어요……."

이제 아영도 들을 수 있을 정도로 거리가 가까워졌다.

스윽, 두드드득!

시위가 비명을 질렀다. 그리고 마치 제 살을 깎아 만든 것 같은 화살 한 대가 시위 끝에 걸렸다.

키엑!

가장 먼저, 육중한 덩치를 자랑하는 전사가 석영의 시야가 닿는 끝에서부터 모습을 드러냈다. 발, 종아리, 무릎, 허벅지 순으로 점차 모습을 갖춰가는 고블린 전사. 허리를 지나 가슴이 나왔을 때도 석영은 시위를 놓지 않았다.

한 방 먹이는 순간, 전부 도망칠 거다. 석영은 최대한 거리를 잡을 생각이었다. 그래야 가능한 많이 속사로 고블린을 잡을 수 있었다. 지원이 석영을 굳이 데리고 온 이유, 그건 아마 타천 활이 가진 공포 옵션 때문일지도 몰랐다.

어둠이지만 온몸을 장악한 감각은 석영에게 야간 투시경

같은 효과를 가져다 줬다.

'조금만, 조금만 더.'

아직 석영의 존재를 눈치채지 못했다.

참으로 신기한 건 석영이 지금 타천 활을 꺼내 들고, 무형 화살을 걸고 있음에도 도망치지 않는다는 점이다. 이 또한 어떤 설정이 붙어 있겠지만 이제 타천 활은 게임처럼 확인해 볼 수가 없었다.

게임의 시스템이 점점 사라졌다.

'인벤토리, 로그인, 아웃만 빼면 게임이라고 생각도 못 했겠지.'

그런 생각을 하는 와중에 고블린 무리는 어느새 석영이 원하던 지점까지 다가왔다. 겁대가리도 없이 전사를 필두로 중앙에 주술사, 후미에 다시 전사가 자리 잡고 총성이 울렸던 곳으로 이동 중이었다.

키켁, 키게겍!

키릭, 키르르.

그리고 의사소통을 하는지 전방의 전사와 주술사만 연신 신음 같은 소리를 냈다. 그러나 그건 뭐, 중요한 건 아니었다. 지금 중요한 건 타이밍이 됐다는 거다.

투웅!

슈가가각!

경쾌하지 않은, 소름 끼치도록 날카로운 소음이 일었다. 그 소음에 어둠이 쭉 갈렸다.

퍼걱!

"크륵……?"

주술사의 심장에 정확하게 틀어박히는 화살 한 대. 주술사는 잠시 멈칫하더니 천천히 제 가슴을 내려다봤다.

"키릭? 키리리?"

영문 모를 소리와 함께 주술사는 그 자리에 무너져 내렸다.

키에에에엑!

키릭! 키라라!

그리고 곧바로 난리가 났다.

마의 끝판왕, 타락 천사의 기운이 고블린에게 어마무시한 공포를 선사한 거다. 곧바로 등을 돌려 도망치는 고블린 무리. 그냥 둬도 되겠지만 그럴 거면 굳이 기다린 보람이 없다.

투둥!

곧바로 더블 샷과 추적 샷이 터졌다.

슈가가가각!

목표는 이제 뒤바뀐 전후방의 고블린 전사. 절대로 표적을 놓치지 않는 추적 샷이 픽! 퍼걱! 후두부를 멋지게 뚫었다. 두 전사가 쓰러지자 그냥 일반 고블린들은 아주 지랄 발광을 해 대기 시작했다.

딱 봐도 셋은 무리를 이끄는 대장들. 그런 대장들이 죽었고, 거기에 타락 천사의 기운이 겹쳐졌다. 그러니 미치기 딱 좋은 상황이었다.

퉁!

투둥!

하지만 석영은 말없이 시위를 당기고 놓고를 반복했다. 바람이 갈라지고 괴물이 죽는 소리만 들렸다. 그렇게 마치 기계처럼 반복하는 석영을 빤히 바라보았다. 아영은 어쩐지 괴물들이 불쌍해지기 시작했다.

*　　　*　　　*

유저와 군인의 차이. 이는 정말 극명하게 갈렸다. 군사력으로는 넘버원이라는 미국도 몬스터 소환을 정리하기가 쉽지 않았다. 특히 망할 놈에 통신 장비가 먹통이 된 건 정말 뼈아프게 작용했다.

그나마 매뉴얼이 따로 있어 겨우 대응 중이긴 하지만, 상황이 어떻게 돌아가는지를 확인하지 못하고 있다는 사실은 지휘 본부에서 후속 대응에 대한 방향을 아주 제대로 난항에 빠뜨렸다.

그래서 기본 보급품밖에 보내질 못했고, 그 외에 조치는 할 수가 없었다. 그래서 프릴 중대는 지금 정말 최악의 상황에 빠져 있었다.

"고고! 무브무브! 위로 올라가!"

"중대장님! 먼저 가십시오!"

"마이클! 닥치고 먼저 올라가!"

"중대장님!"

으득!

자꾸 따지는 마이클에게 짜증스러운 시선을 휙 던지자, 그제야 그는 이를 악물고 중대원들을 끌고 위로 올라갔다.

이 미친 고블린 새끼들… 작정하고 계단을 무너뜨렸더니, 이놈들은 그 돌을 대체 어떻게 했는지 모르겠지만 치워 버렸다. 그리고 다시 밀고 올라왔다. 전사가 가장 앞에 서서 프릴 중대를 압박했다.

프릴 중대는 전사의 갑주를 뚫지 못했다. 작정하고 폭탄을 터뜨려도 놈이 입은 갑주에 스크래치만 낼 뿐, 깨뜨리진 못했다.

아주 최악의 상황이 펼쳐졌다. 그렇다고 대물 저격총으로 갈기고 싶어도 각이 안 나왔다. 작정하면 갈길 순 있다. 다만 그 중대원은 목숨을 내놔야 할 거다. 거리를 잡으려면 혼자 떨어져야 하고, 그건 곧 중대와 떨어진다는 걸 의미했다. 이 상황에 혼자 남는다?

투두두두두두!

드르르르륵!

가능한 모든 방법을 동원해 프릴은 전사를 압박했다. 무브 무브! 위에서 마이클이 중대를 다그치는 소리가 들렸다.

"마이클! 안 되겠어! 로프 걸어!"

"네!"

이대로는 안 되겠다 판단한 프릴은 탈출하기로 마음먹었다. 객실 창문을 깨고 강하 로프를 건 다음 튀는 거다. 현재 8층. 수직 강하로 내려가면 순식간이다.

"오 분! 오 분만 끌어주십시오!"

"길어!"

"삼 분!"

"오케이!"

프릴은 바로 자신의 무장을 살폈다. 빌어먹을 통신기는 이미 버렸다. 강화 수류탄을 비롯해 탄밖에 없었다. 그리고 발목에 건 대검 두 자루. 근접전?

프릴은 즉각 고개를 저었다. 자신은 있다. 전사고 나발이고, 자신도 수많은 전장을 거친 역전의 군인이다. 하지만 문제는 전사 하나가 전부가 아니라는 점이었다. 그 뒤로 그냥 고블린 들이 뒤따라온다. 포위라도 되면 순식간에 육신이 갈가리 찢겨 나갈 거란 걸 프릴은 안다.

하지만 또 문제가 있다.

'빌어먹을……!'

방법이 없었다.

3분을 벌어줄 방법이.

있다면 근접전밖에 없는데 그건 자신의 목숨을 담보로 저당 잡힌다. 이래저래 엿 같은 상황이라 프릴의 입에서 짜증 가득한 신음이 흘러나왔다.

"썅……."

스릉! 스르릉!

프릴은 결국 발목에 걸어둔 대검을 뽑았다.

크워!

전사가 마침내 계단 아래서 대가리를 내밀었다. 거대한 덩치다. 프릴도 장신에 덩치가 장난이 아닌데, 전사는 그런 프릴보다도 컸다. 최소 2미터고 덩치는 프릴의 반 배는 커 보였다. 계단을 막고 선 프릴을 보며 전사가 히죽히죽 입꼬리를 떨면서 흉측한 미소를 물었다.

"개새끼가… 덤벼, 썅!"

자세를 낮춘 프릴.

그녀는 그동안의 경험을 토대로 독자적인 발전을 이룬, 오직 그녀 스스로에게 딱 맞춘 근접술의 자세를 잡았다. 자세는 낮추고 상체는 슬쩍 뒤로 뺀, 카운터에 특화된 자세.

쿵, 쿵, 쿵!

전사가 한 걸음씩 떼며 계단을 올라왔다.

'으음…….'

위압감이 장난이 아니었다. 거기에 더해 양손에 들린 도끼가 흉악한 기세를 뿌리고 있었다. 하지만 그녀도 역전의 군인이다. 거대한 덩치를 자랑하는 미국의 군. 그 많은 군의 현역에서도 거의 탑급에 들어가는 부대를 이끄는 리더이기도 하다.

"중대장……."

아련하게 들려오는 마이클의 목소리.

준비됐다는 뜻은 아니었다.

1분 정도 지났으니까, 2분을 더 벌어야 했다. 2분. 짧은 것 같지만 근접전에서의 2분은 정말 긴 시간이다.

번쩍하는 순간, 목이 날아가고, 날리는 순간이니까 말이다.

크워!

쉬익!

괴성과 함께 전사의 어깨가 급격한 회전 운동에 들어갔다. 동시에 돌아가는 도끼.

쩍!

프릴이 피한 자리에 전사의 도끼가 박혔다.

쉭!

그 순간 프릴의 손이 번쩍했다.

서걱!

짧게 휘두른 대검이 전사의 손목을 그었다. 하지만 프릴은 오히려 인상을 살짝 찌푸렸다. 장갑과 팔목 갑옷 사이의 손목을 정확히 노렸다. 그런데 강화시켰기 때문에 절삭력이 상당히 올라간 대검인데도, 그냥 피부만 베는 정도에 끝났다. 고블린 특유의 진녹색 체액은 뿜어지지도 않았다. 그만큼 얕게 들어갔다는 뜻. 그리고 그만큼 피부가 단단하다는 뜻이었다.

쉭!

바닥에 박혀 있던 도끼가 어느새 다시 뽑혀 프릴의 하체를 노려왔다. 처음 겪어 보는 속도다. 하지만 프릴은 이 정도는 피할 능력이 충분히 된다. 백스텝으로 다시 거리를 벌렸다. 그러다 흠칫하는 프릴.

복도는 좁다.

그래서 두어 번 물러났을 뿐인데 복도 벽에 등이 닿았다.

크륵!

전사가 복도로 육중한 몸을 올려놓는 순간, 그 뒤에서 고블린 두 마리가 각각 좌우에서 튀어나왔다.

키엑!

특유의 거슬리는 고성 뒤에 손에 든 몽둥이로 프릴의 몸을 후려치지만 프릴이 한발 더 빨랐다.

푹푹!

겨드랑이에 두 방, 그대로 내려오면서 X 자로 가슴에 긴 상흔을 남겼고, 어깨로 다른 고블린이 내려친 몽둥이를 막았다. 빡! 소리와 함께 온몸을 흔드는 격통을 느꼈지만 프릴은 오히려 안쪽으로 파고들었다.

푹!

심장에 틀어박히는 대검.

그대로 한 번 비틀어준 다음 검을 뽑았다. 푸슉! 펌프질하는 소리 뒤에 녹색 체액이 얼굴로 튀었다. 역했다. 비린내에 누린내까지 섞여 있는 고약한 피 냄새. 그러나 얼굴을 쓸어내릴 틈이 없었다.

전사가 분노한 표정으로 바로 달려들었기 때문이다.

'빨라……!'

움직인다 싶었는데 어느새 거리를 반이나 좁혔다. 그럼으로써 사거리 안에 들어갔고, 양어깨를 잔뜩 당긴 전사.

'지랄은……!'

프릴은 이를 악물고, 상체를 최대한 뒤로 빼냈다. 카운터고 나발이고 저 도끼의 날에 걸리는 순간 육신은 찢겨 나갈 거다.

부웅!

후웅!

두 개의 도끼가 서로 다른 소리를 내며 바람을 갈랐다. 다행히 겨우 피했지만, 부욱! 앞섶과 옆구리가 갈라졌다. 물론 의복과 예기에 피륙만 살짝 베었다. 그때 저 멀리서 마이클의 목소리가 재차 들려왔다.

"오십시오!"

2분이 다 지났나?

그러나 그건 고민할 사안이 아니었다. 마이클이 준비도 안 됐는데 불렀을 일은 없을 테니 말이다. 중요한 건 준비가 끝났다는 거다. 딸각, 휙! 프릴은 섬광탄을 하나 던져놓고, 그대로 등을 돌렸다.

크릉!

전사가 바로 프릴을 쫓으려고 했지만 발 앞에 떨어진 길쭉한 막대기에 고개를 갸웃거렸다. 그리고 발을 들어 올렸다. 전사의 경험상, 이런 건 폭탄이다. 시간을 주면 터지는. 건드려도 터지지만…….

쾅!

번쩍!

새하얀 섬광이 복도를 가득 메웠다. 프릴은 등을 돌리고 있어 괜찮았지만 고블린들은 아니었다. 키엑! 하는 비명이 프릴의 마음을 어루만지듯 들려왔다.

"이쪽! 이쪽입니다!"

"알아!"

저 끝의 마지막 방에서 마이클이 손짓하고 있었다. 그녀는 길쭉한 다리를 이용해 거의 날듯이 달려갔고, 방 안으로 들어가자 마이클 혼자 있었다.

"애들은!"

"먼저 내려 보냈습니다!"

아, 하긴.

없으면 당연히 그렇게 생각하면 될걸, 프릴은 참 멍청한 질문을 했다 생각하면서 마이클을 툭툭 쳤다.

"가! 먼저 가!"

"네!"

마이클은 군말 없이 바로 창가로 가서 로프를 탔다. 고정고리? 그런 걸 할 여유는 없었다. 쿵쿵쿵! 거리는 소리가 벌써 들려왔다. 크와와! 분노에 찬 함성도 들려왔다. 그리고 이 정도는 안전장치 없이도 충분히 내려갈 수 있었다. 부우욱! 마이클이 내려가는 소리가 들렸다. 쿵쿵쿵!

"지랄은……!"

전사는 빨랐다. 어느새 근처에서 들려오는 발소리에 이를 악문 프릴은 바로 창가로 다가가 로프를 쥐었다. 발을 꼬아 로프를 만 다음, 단단하게 양손으로 붙들고, 이어 팔과 발을 느슨하게 풀었다.

부우우우욱!

프릴의 몸이 급속도로 하강하기 시작했다. 동시에 차가운 밤공기가 사정없이 뺨을 때렸지만 오히려 시원하게 느껴졌다. 8층이었지만 내려가는 데는 정말 몇 초 걸리지도 않았다.

아래를 내려다보니 먼저 내려간 대원들이 불을 밝혀놓고 있었다. 이런 하강은 타이밍을 못 맞추면 다리가 아주 아작이 난다. 하지만 그 타이밍도 못 맞추면 특수부대원 견장 따위 당장 뜯어버리는 게 낫다.

부욱!

1층 중간쯤에서 온몸에 힘을 줘, 딱 멈추는 프릴.

너무 갑작스러운 힘의 집중에 근육이 미쳤냐고 발악을 했지만 프릴은 그 정도는 가뿐히 무시해 버렸다. 대신 찌릿거리는 통증은 감수해야만 했다. 바닥에 내려선 프릴은 하늘을 올려다봤다.

"이거나 처먹어!"

삑규… 우!

그녀의 욕이 길게 메아리쳤다.

괴물들이 이 소리를 듣고 다가오겠지만, 그녀는 좀 전 행동에 조금의 후회도 없었다.

"준비해, 바로 줄리엣으로 이동한다."

그녀의 지시에 대열이 바로 정비됐다. 어둠을 뚫고 다시 전진하려는 순간, 휘이이이잉! 바람이 갈라지는 소리가 들렸다. 그리고 그 소리는 그녀의 등골에 아주 차가운 소름을 선사했다.

쿠웅……!

뒤이어 들리는 둔중한 울림과 함께 대지가 흔들리는 감각이 프릴을 휘감았다.

"…설마."

잠시 침묵 뒤, 그녀는 정말로 생각지도 않은 상황을 떠올렸다. 천천히 고개를 돌리니 싫은 그 상황이 턱 하니 눈에 펼쳐져 있었다. 고블린 전사, 이 미친놈이 8층에서 뛰어내린 거다. 로프를 탔을 리는 없다. 마이클이 원격 폭탄으로 줄을 끊었으니 말이다. 그럼 뛰어내렸다는 건데, 8층이다, 8층.

3층, 4층도 아니고 무려 8층.

"물리학자들이 보면 기절할 만한 장면이네……."

저 거대한 체구, 그만큼 육중한 체중. 거기에 거대한 도끼 두 자루에, 도끼보다 무게가 많이 나가 보이는 갑주까지.

"뛰어!"

그래도 넋 놓고 있을 수는 없지 않겠나?

프릴의 명령에 대원들이 온갖 욕설을 내뱉은 다음 이를 악물고 내달리기 시작했다. 전사 하나가 저 지랄이다.

크르흐흐…….

등 뒤에서 들려오는 전사의 소름 끼치는 웃음소리. 분명 숨소리가 아니었다. 비웃고 있었다. 먹이를 눈에 두고 웃을 때나 나오는 그런 웃음, 포식자의 웃음. 프릴은 이를 악물었다.

"무브무브!"

달려!

어떻게 하지? 산개를 해야 하나? 가뜩이나 인원도 없는데 찢어지면 생존 확률이 더 내려가지 않을까? 정말 오랜만에 프릴은 혼란에 빠졌다. 생각지 못했던, 그녀의 상식을 벗어난 현실 때문이었다.

'제기랄……!'

쉭!

그때였다.

뭔가가 그녀를 스쳐 지나갔다. 그것도 좌우, 양옆으로 바람처럼 지나가는 뭔가에 프릴은 소름이 돋았다.

꾸엑!

크와와……!

그리고 뒤이어 들려오는 전사의 고통에 찬 비명에 프릴은 저도 모르게 멈춰 섰고, 뒤를 돌아볼 수밖에 없었다. 어둠이지만 그녀의 눈에 아주 확실히 보였다. 허리의 이음새에 칼을 쑤셔 박고 있는 그림자 하나와 투구째 목을 젖힌 다음, 칼을 쑤셔 박고 있는 그림자가 말이다.

이건 무슨 송곳으로 두부 찌르는 것처럼 전사의 옆구리, 겨드랑이, 그리고 목에 구멍을 폭폭 내고 있었다. 얼마 걸리지도 않았다. 그녀를 그렇게 괴롭히던, 중대 전체가 도망치게 만들었던 전사가 바닥에 쿵! 소리를 내며 쓰러지기까지 말이다.

"…허."

어이가 없고, 허탈해서 허파에서 바람이 쭉 **빠졌다.** 그림자가 프릴을 향해 다가왔다. 그녀는 그제야 정신을 차리고 급히 허리에 손을 가져갔다.

처걱.

그러나 관자놀이 옆에서 불쑥 들려온 소리에 손을 멈출 수밖에 없었다. 그림자 둘은 여유롭게 다가왔다. 늘씬한 체형, 자신보다 조금 작지만 확실한 장신. 라인을 보니 무조건 여자였다. 그 와중에도 프릴은 빠르게 판단을 내렸다.

"어머나, 이거 많이 보던 얼굴인데?"

처음으로 들려온 그 소리에 프릴은 전신에 소름이 돋아나는 걸 막을 수가 없었다.

꽤. 오래전이었다.

프릴이 저 여자를 만났던 건.

아프리카.

2004년, 중앙아프리카 공화국의 1차 분쟁을 프릴도 겪었다. 그때는 파릇파릇했던 군인이었다.

"이야, 봐봐. 맞지?"

힐튼호텔 입구로 도로 나온 고블린들을 도륙하고 나서 줄리엣 포인트로 이동하자마자 해맑은 미소로 재차 물어 오는 저 여인. 당시에 유엔 산하 의료 기구에서 파견 온 간호사. 자신과 마찬가지로 젊었던 저 간호사의 정체를 프릴은 안다.

"후우, 프릴이다."

"알아, 프릴. 앞치마라고 부지런히 놀려줬잖아? 후훗."

프릴은 창미의 말에 순간적으로 주먹을 말아 쥐었지만, 곧 풀었다. 제아무리 자신이 날고 긴다 해도 저 괴물에게는 절대로 역부족이었다. 프릴은 자처해서 경계를 선다고 저 멀리 떨어져 있는 마이클을 힐끔 바라봤다. 마이클 때문이었다. 프릴이 창미와 한바탕한 건.

'아니, 한바탕이 아니라 처절하게 발린 사건이지…….'

마이클이 창미에게 추근거렸다.

자세히 보니 창미는 그때와 크게 많이 변하지 않았다. 어렸을 적엔 풋풋함이 있는 외모였다면 지금은 완숙미가 보인다는 게 가장 많이 변한 점일 정도였다. 구구절절 설명할 필요 없이 창미는 당시에도 매우 아름다웠다는 소리다. 그래서 마이클이 추근거렸다. 사실 그때 프릴도 그 장소에 있었다. 하지만 동양인 간호사라 깔봤다. 상대적 우월감도 분명 있었다. 아프리카까지 왔으니 스트레스가 상당했고, 그래서 그냥 심해지면 말리려고 그냥 뒀었다.

사고는 마이클이 창미를 끌어안고 엉덩이를 만진 다음, 귀에 후우, 하고 바람을 불어 넣고 나서 바로 터졌다.

그 장면을 프릴은 심해지면 말리려고 지켜보고 있었다. 마이클은 도를 넘었고, 말리려고 입을 떼려는 순간 창미가 움직였다. 어깨로 툭 쳐서 마이클을 밀어내더니, 휙휙 사방을 빠르게 한 번 살폈다.

하필 막사에는 프릴과 마이클밖에 없었다. 사람이 없음을 확인한 창미가 프릴을 향해 활짝 웃어주더니, 스르륵 상체를 마이클 쪽으로 돌려세웠다.

'그때도 제대로 못 봤어.'

빠각!

그리고 솟구친 그녀의 늘씬한 다리.

프런트 킥처럼 솟구친 그녀의 발끝이 마이클을 턱을 올려쳤고, 그 한 방에 단숨에 의식을 잃은 마이클을 연달아 후려갈겼다. 들썩들썩 흔들렸지만 마이클은 이미 의식을 잃어 아무런 대항도 못 했다.

놀란 프릴이 쓰러진 마이클과 창미를 바라보다가, 동료가 당했다는 사실에 본능적으로 달려들었다.

그때, 주먹을 내뻗은 다음부터 기억이 없었다. 눈을 떴을 땐, 자신의 막사였다. 물론 그게 전부는 아니었다.

"용케 지금까지 살아 있었네?"

창미가 웃으며 물어 왔다.

"그쪽도……."

"어머, 나 정도 되면 죽고 싶어도 못 죽어, 얘. 우후후."

하긴…….

프릴은 창미의 말에 수긍했다.

쓰린 기억은 더 있다.

일어난 프릴은 곧바로 창미를 찾아갔다. 씩씩거리면서 막사의 천을 걷던 순간, 또 뭐가 번쩍했다. 흐려져 가는 시야 속에서 히죽 웃고 있던 창미가 보였다. 두어 시간을 기절했다가, 다시 눈을 떴다. 이번엔 바로 덤비지 않았다. 으득! 이를 악물었던 프릴은 솟구치는 고통에 온몸을 부르르 떨어야 했다.

좀 뒤에 들었다. 마이클은 턱이 깔끔하게 빠져 교정을 받으러 갔다고. 프릴은 이걸 누구에게도 말할 수 없었다.

말해봐라.

자신은 간호사한테 두 번이나 맞아 기절했고, 마이클은 턱이 나갔다고.

백의의 천사가 그렇게 무서운 사람이라고. 반군이 심은 스파이라고. 두 번째는 자존심이 용납하지 않았다.

그 이후, 프릴은 몇 번이나 도전했다.

그럴 때마다 채 몇 번 손속을 나누기도 전에 의식이 날아갔다. 격투술은 웬만한 요원도 제압할 정도로 뛰어난 프릴이다. 그런데도 1분이 지나기 전에 의식이 날아갔다.

'아, 지금 이럴 때가 아니지…….'

기억 저 밑에다가 파묻어놨던 창미의 존재 때문에 현 상황에 중요한 걸 묻지 못하고 있었다.

"이곳은 어쩐 일이지? 그때처럼 파견인가?"

"응, 파견. 도와주러 왔어."

창미의 유창한 대답에 프릴은 고개를 끄덕였다. 이곳에 투입된 이후 파견이 결정된 것일 수도 있다.

"많은 도움이 되겠군. 그런데 한국엔 그런 부대도 있던가?"

프릴은 사방에서 경계 중인 창미의 부대를 눈에 담았다. 특이하게 전부 여성이었다. 자신도 여성인지라 따로 성차별을 하고 싶은 마음은 없었다. 하지만 자신이야 정말 타고난 육체와 재능이 있었다.

프릴은 장담하건데, 자신 같은 여성은 전 세계를 다 따져도 상위 0.1%에 들어갈 거고, 다시 그 안에서도 열 손가락에 들어갈 거라 자신했다. 그러니 자신은 번외다.

일반 여군은? 확실히 전투 능력은 남성에 비해 떨어졌다. 일단 체격에서 나오는 근력의 차이가 결정적이었다. 그래서 자신이 이끄는 중대에도 여성은 본인 하나다. 그런데 저쪽은?

전원 여자였다. 복면을 쓰고 있지만 체형만 봐도 알 수 있었다.

'그런데 기가 막히는군.'

프릴은 고개를 절레절레 저었다.

본인 정도 되면 일종의 감이 생긴다.

이자는 내가 이길 수 있을까, 혹은 강한가, 이런 식으로 상대를 판단하는 감이다. 그리고 여태껏 프릴의 감은 크게 빗나간 적이 없었다. 그런 그녀의 감이 말하고 있었다. 창미, 그리고 그 옆에 있는 지원을 뺀다고 해도 절대로 만만치 않다고.

'아니… 이거, 그 정도가 아닌데?'

다들 편한 자세에서 경계를 하고 있지만, 언제고 프릴 중대를 공격할 수 있는 자세였다. 그것도 정확하게 한 명당 하나씩 맡고 있었다. 머릿속에서 본능적인 시뮬레이션이 돌아갔다. 만약 상황이 이상하게 틀어져 교전이 벌어지면?

'전멸……'

결과는 중대의 궤멸로 나왔다.

하나하나가 최소 자신의 수준이라는 점을 보면 분명 틀린 답이 아니었다.

"우리 프릴이 이상한 걸 묻네?"

그때 귀로 파고드는 창미의 목소리.

애교 속에 섬뜩한 살기를 실어 날린 그 말에 프릴은 정신이 번쩍 들었다.

"미안하군. 실언했다."

"후후후……"

웃는 그 목소리에 이번엔 제대로 살기가 실렸다. 원수의 사지를 묶어놓고, 그 앞에서 칼을 들고 웃고 있는 여인의 웃음이 아마 딱 저렇지 않을까 싶었다. 프릴은 후우, 짧게 심호흡을 했다.

이번엔 정말 큰 실수를 했다.

그녀답지 않게 너무 제대로 살펴보질 않았다.

여인들로만 이루어진 이상한 구성. 보이지 않는 부대 마크. 이건 특수부대라는 뜻이다. 모종의 명령을 받고 온.

"이것 하나만 확인해 줘."

"뭐?"

"우린… 적인가?"

"아닐걸?"

"음……."

프릴은 그나마 다행이라고 생각했다. 본국을 위해서라면 프릴은 목숨을 내놓을 준비가 되어 있었다. 하지만 개죽음은 사양이었다. 이기적이라고 해도 상관없었다. 맹목적인 충성이야 젊었을 적 얘기고, 지금은 다르다. 누울 자리보고 발 뻗을 줄 아는 프릴이었다.

"다행이군."

그래서 아주 솔직한 심정을 얘기하는 프릴이었다. 다행히 프릴 중대원들은 교육을 잘 받았다. 그녀가 왜 이렇게 쩔쩔매는지 묻지 않았다. 고블린 전사를 아예 해체하듯 조진 두 여인의 실력을 본 이후도 있지만, 알고 있는 거다. 까닥 잘못하면 자신들이 여기서 고블린이 아니라, 저 여인들한테 찢겨 나갈 수도 있다는 걸. 그리고 이동 중에 마이클이 절대 경거망동하지 말라는 명령도 있었다.

"훈련이 잘되어 있네."

그때, 여태껏 조용했던 지원이 입을 열었고, 프릴은 그게 칭찬인지 욕인지 잠시 헷갈렸지만 이내 칭찬으로 받아들이기로 했다.

"작전 목표는 뭐지?"

"섬멸."

피식.

대답하자마자 비웃음이 날아왔다.

그 웃음에 프릴은 발끈했지만, 감정을 드러내는 어리석은 짓은 하지 않았다. 옆에서 해맑은 웃음을 지은 채 대화를 듣고 있는 창미도 창미지만, 지원은 더 무서웠다. 그녀의 이름과 실체는 정말 극소수만 안다. 그리고 자신도 그 극소수에 들어갔다. 최강, 최악의 스페셜리스트. 정보 세계가 아닌, 총칼이 난무하는 전장의 '악몽'이라 불리는 여자가 바로 한지원이었다.

"몇 개 대대가 들어왔는지 모르지만, 군만 투입됐다면 불가능할 거야."

"어떻게… 확신하지?"

"전사도 못 죽이고 도망치는 군이면 확신할 수 있지."

"……."

"유저는?"

"기밀 사항이다."

"아, 하긴."

지원은 가볍게 프릴의 대답에 수긍했다. 유저의 운용은 각국의 중요 기밀 사항 중 하나였다. 대외적으로 뿌리는 게 물론 있지만 그게 전부가 아니기 때문이다. 프릴은 다시 지원을 바라보며 입을 열었다.

"조언을 해줬으면 좋겠어."

"흠."

"부탁이야."

부탁이란 말을 꺼내고, 중대원을 바라보다가 고개를 숙이는 프릴. 지원은 그런 프릴의 모습에 피식 웃고는 천천히 입을 열었다.

"총으로 상대할 생각은 버려. 강화를 제대로 했다면 일반 고블린이야 상대하기 쉬워. 하지만 전사 계급, 즉 갑주를 입은 놈들은 힘들어. 대물로 갑주의 이음새를 정확히 노릴 생각이 아니라면 말이야."

틈은 상당히 좁다.

그리고 그 좁은 틈을 노리는 건 정말 숙련된 스나이퍼가 아니면 힘들다.

"검의 강화는?"

"기본 끝까지."

"그 정도면 할 만해. 미군의 특수부대 대검은 예리하고 단단하니까. 근접전으로 노려, 차라리. 총성을 듣고 이놈저놈 다 불러 모을 게 아니라면."

"음……."

프릴은 그 말을 제대로 해석했다.

근접전.

즉, 총기로 힘들면 근접전의 경험을 늘리라는 소리였다.

"주술사가 있으면 저격과 동시에 달려들어. 당신, 그리고 저 앞에 경계 서는 자와 같이 덤비면 전사 정도는 충분히 잡겠는데."

프릴은 대답하지 않았다.

아니, 못했다.

솔직히 거부감이 있었다.

이 거부감은 '겁'이라는 단어로 대체할 수도 있었다. 미지의 괴물과 조우. 총기가 먹히지 않는 괴물. 이러한 것들을 생각하면 근접전이 답인데, 이게 경험이 없다 보니 이상하게 덤벼들기 겁났다.

유저가 아니기 때문에 멘탈 보정의 효과를 받지 못했기 때문이다. 그걸 생각하면 프릴이 대단한 거였다. 전사를 상대로도 겁 없이 덤벼들었으니까.

"전투 시간은 오 분을 넘기지 마. 처음부터 대규모는 노리지도 말고, 다섯이 가장 적은 파티니 잘 찾아다니면서 정리해. 그렇게 경험을 쌓아. 축적된 경험은 결코 배신하지 않을 테니까."

"음……."

통신만 됐어도 이런 상황은 오지 않았다. 하지만 통신이 없다는 점은 사실 프릴을 너무 위축시켰다.

"그쪽의… 아니다."

프릴은 지원에게 라스베이거스에 온 이유를 물으려다 그만

됐다. 특수부대다. 임무의 목적을 묻는 짓은 죽여달라는 소리나 다름없었다. 프릴은 이제 좀 희망이 생겼다고 생각했다. 어차피 같이 움직이지는 않겠지만, 저 조언은 확실히 프릴에게 도움이 됐다. 그리고 전사에게 구해준 것까지 합치면 정말 은혜를 입었다고 해도 과언이 아니었다.

"조언 고마워."

"옛 전장의 동료가 죽는 건 나도 원치 않아서 얘기해 준 것뿐이야. 그리고 실제로는 쉽지 않을 테니까, 잘 정비해서 해봐."

"그러지."

"아, 그리고… 오늘 일은?"

"걱정 마. 나도 특수부대원이니."

답을 들은 지원이 자리에서 일어났다.

귀를 만지작거리면서.

'통신?'

의아함이 들었으나 이번에도 프릴은 묻지 않았다. 어떤 장비를 쓰든, 그것도 저쪽의 장비다. 관여하지 않는 게 답이었다. 프릴은 중대에 휴식 명령을 내리고는 마이클에게 향했다.

그리고 자리에서 지원은 통신을 받은 게 아니었다.

"솔플?"

작게 중얼거리는 지원.

그녀는 곧 피식 웃고는 사람이 없는 곳으로 가서 허락의 답신을 보냈다.

지원과 교신을 끝낸 석영은 아영에게 신호를 주고는 장비를 다시 점검했다. 솔직히 지루했다. 지원의 뒤만 졸래졸래 쫓아다니자니, 좀이 쑤실 지경이었다. 석영이 이곳에 온 이유는 분명했다.

눈에 보이지는 않으나 석영 본인은 확실하게 느끼고 있었다. 자신이 변했다고. 아니, 당시의 자신에 뭔가가 더해졌다고. 그걸 알아보기 위해 이곳 라스베이거스까지 날아왔다. 그런데 시작부터 매우 마음에 들지 않았다. 그래서 지원에게 솔플, 아니, 아영과 같이 따로 움직이겠다고 전했다.

다행히 지원과 유동적으로 협조를 할 수 있는 방법이 있었다. 현재 석영이 귀에 끼고 있는 마개. 발키리 용병단이 쓰던 특수한 신호 전달 아이템이었다.

석영이 기절하고, 이 아이템은 석영의 소지품에 들어가 있었다. 아영은 따로 하나를 받아 귀에 끼고 있었고, 두 사람이 동시에 현실로 튕겼을 때, 이 아이템도 같이 따라왔다. 그래서 아영이 쓰던 걸 지원에게 줬다. 이로써 두 사람은 특별한 통신을 이용해 서로 연락을 주고받을 수 있었다. 통신이 먹통이 되면서 굉장히 곤란해진 미군이 알았다면 천만금을 주고 얻으려고 하든가, 아니면 강제로 뺏고도 남을 아이템이었다.

'다행이지. 이게 같이 나왔다는 건. 그리고 그곳의 물건이 이곳에서도 확실하게 작동한다는 것을 확인한 것도 큰 소득

이고.'

게임 속 아이템도 현실에서 사용이 가능했었다. 휘드리아젤 대륙의 물건도 지구에서 사용이 가능했다.

"오빠, 준비 끝났어."

"그래, 움직이자."

생각을 강제로 정리시키는 아영의 말에 석영은 바로 움직이기 시작했다. 아영이 앞, 석영이 그 뒤다. 뭔가 포지션이 바뀐 것 같지만 아영은 게임으로 따지면 전천후 탱커다. 작정하고 질러 +8까지 띄웠다는 부족장의 도끼와 같은 등급의 방패를 가진 아영의 공방은 상당한 수준이었다.

물론 이제는 게임이 아니라 개인의 전투 실력이 우선시되지만, 아영은 믿을 만하다. 지원만큼은 아니어도 이제는 상당한 수준의 실력을 보유했으니 말이다. 그리고 석영은 저격수. 강력한 한 방 딜을 꽂아 넣는 타입이다. 그러니 이 포지션이 딱 좋다.

30분쯤 움직였을 때였다. 마치 진화한 것처럼 예민해진 청각에 희미한 비명 소리가 걸렸다.

"잠깐."

"응."

작은 석영의 목소리에 아영은 곧바로 멈췄다. 눈을 감고 집중하는 석영을 딱 버티고 섰다. 석영은 메마른 입술을 혀로 슬슬 건드리며, 정신을 집중했다. 비명 소리. 분명 들렸다. 그런데 어느 쪽에서 들렸는지 감이 안 잡혔다.

'잘못 들었나? 아니, 분명… 들렸어.'

희미했지만, 정말 희미했지만 그건 분명 인간이 낸 비명 소리였다. 진화한 감각이 자신에게 거짓말을 할 이유는 전혀 없었다. 이제는 믿는다. 석영은 조금 더 기다렸다.

꺄아아……!

들렸다!

분명하게 여자의 비명이 바람을 타고 석영에게 들려왔다.

번쩍 눈을 뜬 석영은 바로 정북 방향으로 돌아서서 한쪽을 가리켰다. 아영은 고개를 끄덕였다.

"급한 것 같다. 빨리!"

"응!"

이제는 제법 든든한 아영의 대답. 그녀는 석영이 그런 생각을 하는지도 모르고 곧바로 그가 가리킨 곳으로 뛰었다. 거리는 멀지 않았다. 다만 소리가 희미했던 건 건물 안에서 흘러나왔기 때문이다.

민간인이었다.

라스베이거스는 크다.

제아무리 소개령을 내렸다고 해도 도망치지 못한 사람은 분명히 존재할 거다. 타이밍을 놓쳐서 숨어 있던 사람들. 그런 사람들을 고블린들이 찾아낸 거다.

"저 앞 건물!"

"오케이!"

아영은 빨랐다. 거대한 도끼와 방패를 들고도 정말 바람처럼 내달렸다. 그럼 석영은? 시위에 손을 걸어놓은 불편한 자세로도 석영은 아주 잘 뛰었다. 사실 아영보다 빠르게 달릴 자신이 있는 석영이지만 포지션을 유지하려면 이렇게 뛰어야 했다. 둘은 건물 입구에 순식간에 도착했다.

입구에서 고개를 들어 층을 확인해 보니 총 7층.

"오빠."

"사 층인가 오 층쯤."

"알았어. 단숨에 올라갈까?"

"좌우, 뒤는 믿고 달려."

"오케이… 흐흥."

아영은 뭐가 그리 즐거운지, 입가에 흥분 가득한 미소를 걸었다. 변해 버린 세상은 사람도 변하게 만들었다. 노래하고 춤추고, 연기하던 여자가 이제는 전투에 대한 흥분으로 저렇게 웃게 변해 버렸다.

'물론 나도 정상은 아니지…….'

원초적인 폭력 욕구.

미친 멘탈 보정은 그 폭력 욕구에 걸어놓은 빗장을 열어버렸다. 그러나 이걸 나쁘다고 할 수 있을까?

지금 당장은 그게 있어야 사는데, 그 멘탈 보정이 생존 가장 필요한 기본 조건이 되어버렸는데?

"미쿡 땅에 왔우면 미쿡 말을 쓰줘야지? 자… 고! 고고고!"

별 웃음도 안 나오는 말투로 의기양양하게 외친 아영이 즉각 출입문을 냅다 어깨로 들이받고는 뛰어들었다. 석영도 그녀의 뒤를 바짝 쫓았다. 들어가자마자 희미한 전등이 켜져 있는 계단 아래 옹기종기 모여 앉은 고블린 네 마리가 보였다.

투둥!

퍽! 퍼격!

두 마리의 미간에 그대로 구멍이 뚫렸다.

히엑!

타천 활이 내뿜는 기세에 공포에 질린 비명이 들려왔다.

"합!"

짧지만 단단한 기합과 함께 도망가려고 일어선 고블린 한 마리를 그대로 방패째 들이받았다.

텅! 북 치는 소리가 나더니 끼엑! 하고 날아간다. 슈아악! 그리고 그대로 원심력을 이용해 도끼를 장작 내려치듯 휘둘렀다.

쩍!

정수리부터 박힌 부족장의 도끼가 고블린의 사타구니에서 빠져나왔다. 끼엑, 끼르륵? 하면서 뒤로 물러나는 고블린의 눈에서 생기가 빠르게 빠져나갔다. 퍽! 아영이 방패로 쳤던 놈에게는 석영의 저격이 박혔다.

네 마리를 정리하는 데 걸린 시간, 대략 30초. 이런 정리야 말로 순삭이라 할 수 있겠다.

"보초인 것 같은데요?"

"그러게."

아영이 좀 전에 죽인 고블린의 손에 쥐여져 있던 호루라기를 툭툭 치면서 말하자, 석영은 고개를 끄덕이며 수긍했다.

"이거 챙겨볼까?"

"마음대로. 그리고 말투는 하나로 정리 좀 안 되냐?"

"내 맘이야요, 오홍홍."

그 대답에 석영은 고개를 절레절레 저었다. 아영은 웃음을 끝낸 뒤, 올라갑니다! 하고 계단으로 뛰었다. 석영도 그 뒤를 바로 뒤따랐다. 2층, 아무도 없었다. 3층, 역시 조용했다. 4층 계단에 선 아영이 석영을 향해 눈짓했다. 자신이 왼쪽, 그리고 석영에게는 오른쪽을 부탁했다. 고개를 끄덕인 석영이 타이밍을 쟀다.

하나, 둘, 셋!

아영이 뛰쳐나가는 순간 석영은 아영의 등을 막으며 복도를 겨눴다.

끼엑?

저 끝에 있는 철문 앞에서 서성이고 있는 두 놈. 인식하는 순간, 석영의 의식도 더블 샷을 의식했다. 의식 후, 집중. 순식간에 시위에 화살 한 대가 더 걸렸다.

투둥!

슈아악!

서로 회오리치며 날아간 화살은 고블린 두 마리가 미처 대비도 못 한 순간 목젖과 심장에 틀어박혔다.

퍼벅!

얼마나 걸렸을까? 석영이 시위를 놓고, 1초도 채 걸리지 않았다. 터엉……! 등 뒤에서 아영의 방패가 내는 둔중한 울림이 들렸다.

"전사!"

아영의 짧은 외침에도 석영은 신형을 돌리지 않았다.

석영이 맡은 곳은 오른쪽, 아영이 왼쪽이다. 지금 신형을 돌렸는데 적이 튀어나오면 곤란하다. 그러니 아영을 믿을 뿐이다. 그리고 전사 정도야 아영에게 맡겨도 충분했다. 애초에 전사도 상대 못 할 수준이었다면 이곳에 데리고 오지도 않았을 거다.

깡!

터엉!

쩍!

"뒤지려고 새끼가!"

역시 아영은 그걸 증명하듯 전사의 투구를 방패로 날린 다음, 도끼로 막고 다시 도끼를 휘둘러 목 옆을 찍어버렸다. 딱네 번의 부딪힘만에 전사를 죽인 아영이다. 퍽! 그리고 전사가쓰러지자 확인 사살 또한 잊지 않았다.

프릴 중대를 그렇게 몰아붙였던 고블린과 고블린 전사가, 석영과 아영에게는 1분도 걸리지 않았다.

유저와 군인의 차이, 그리고 재능과 장비의 차이는 아주 확실하게 티가 나고 있었다. 프릴이 봤다면 억울해! 하고 소리쳤을 일이었다. 하지만 어쩌겠나. 세상은 원래 공평하지 않은 법인데.

"후, 오빠?"

"잠깐만, 일단 확인하고 올라가자. 다 열어봐."

"응."

석영과 아영은 4층을 수색했지만, 찾지 못했다. 계단에 다시 선 아영과 석영. 계단을 올라가자 이번엔 전과는 다르게 육중한 철문이 둘을 가로막고 있었다. 아영이 손잡이를 잡고 당겨보지만 안에서 걸어 잠갔는지 꼼짝도 안 했다. 하지만 그런다고 포기할 두 사람이 아니다.

"비켜봐."

말없이 비켜섰다. 그리고 석영은 그녀가 비키며 보이는 손잡이에 그대로 시위를 당겼다. 투웅!

콰드득!

쾅!

문고리가 박살 나는 순간 아영이 바로 철문을 어깨로 밀었고, 4층까지와는 다른 넓은 5층의 모습이 눈에 들어왔다.

"흐으읍!"

"흡! 흐으으!"

그리고 석영의 귀로 들려온 소리. 소리를 따라 고개를 돌린 석영은 그대로 굳을 수밖에 없었다.

아영도 마찬가지였다.

눈앞에서 펼쳐지는 광경에 말문이 턱 막혔는지, 정말 얼이 빠진 모습으로 그 광경을 바라봤다. 하지만 그건 정말 잠깐이었다.

"이 찢어 죽일 새끼들이……."

"죽여 버린다……."

석영과 아영이 동시에 지독한 살기를 내뿜기 시작했다. 정말 바라보는 것만으로도 심장이 덜컥할 정도로 농도가 짙은 살기였다.

왜?

빌어먹을… 고블린이, 괴물들이… 윤간을 하고 있었다. 생물체? 종족 번식의 본능?

"지랄……!"

투둥! 투두두둥!

고속 연사.

석영의 작정하고 쏟아낸 무형 화살이 주위를 감싸고 있던 고블린들의 대가리를 사정없이 터뜨렸다.

"이 쌰앙……!"

아영도 욕설과 함께 그대로 달려들었다.

퍽!

감정을 가득 담아 휘두른 도끼가 막 도망치려던 고블린의 등짝을 찍었다. 끼엑! 하고 구슬픈 비명을 질렀지만, 그게 오히려 아영의 분노를 더욱 키웠다. 활활 들불처럼 일어난 분노. 석영은 그 순간에도 느끼고 있었다.

스윽.

신형을 돌려세운 석영은 그대로 당겨놨던 시위를 놨다.

슈가가가각!

퍼걱!

공간을 쭉 가른 무형 화살이 슬금슬금 다가오려던 놈의 명치에 틀어박혔다.

"크우으……."

부족장이었다.

고블린 부족장이 덫을 쳐놓고 기다리고 있었다. 하지만 석영은 이미 느끼고 있었다. 기둥 뒤에 숨어 있던 고블린 부족장을. 그래서 첫 번째 고속 속사 후, 곧바로 신형을 돌려세웠다.

우르릉!

쾅……!

이어서 타락 천사의 심판이 터졌다.

부족장의 머리 위에서 형성된 시꺼먼 구름에서 한 줄기 벼락이 내려 꽂혔고, 그 벼락은 부족장을 새까맣게 태워 버렸다.

"좆 같은 새끼가… 숨어 있으면 모를 줄 알았냐……?"

으득!

진화한 감각이다.

숨겼다고는 하나, 숨을 내쉴 때마다 본능적으로 뿜어지는 살기, 그 기세를 석영의 육감이 놓칠 리가 없었다. 석영이 다시 신형을 돌리자 어느새 아영이 타락 천사의 기운에 질려 도망치는 고블린 하나도 빠짐없이 도륙하고 있었다.

"뒤져!"

픽! 픽! 픽!

아예 마지막 놈은 아예 짓뭉개 버렸다.

그런 아영에게서 시선을 뗀 석영은 여인들에게 다가갔다. 텅 빈 눈빛일 거라는 예상과는 다르게 두 사람은 자리에서 일어나 사방에서 천 쪼가리를 끌어 모아 몸을 가리고, 석영을 바라보고 있었다.

그것도 두 여인이 똑같이.

미끼가 됐던 순간을 이겨낸 눈빛, 예상보다 단단한 여인들이었다. 그걸 보며 석영은 '또'야? 라는 생각을 하게 됐다. 이상하게도 석영의 주변에는 범상치 않은 여인들이 모여들었다.

이 두 사람도 봐라. 지독한 일을 겪었음에도 흔들림 없는 눈빛이 확실한 증거였다.

"하아."

하염없이 창밖을 바라보는 휘린의 요즘 취미이자 특기는 한숨이었다.

그가 사라진 지 벌써 일주일이 넘었다. 그의 사라짐은 갑작스러웠다. 출발하던 날의 새벽이 가고, 아침이 왔을 때 석영은 사라져 있었다. 그만 사라진 것도 아니고 그의 동료들도 다 같이 사라졌다. 패닉이었다. 휘린은 바짝 얼어 움직일 수 없었다.

전날 그 아영이란 여인이 석영을 데리고 사라진 게 아닌가 하는 생각이 들었고, 이는 발키리 용병단도 상황을 파악하고 나서 수긍한 부분이었다. 휘린은 석영과 대화를 못 했다. 죽은 듯 잠든 그의 얼굴을 보며 미안해요, 죄송해요, 몇 마디를 건넨 게 전부였다. 눈을 뜨면 제대로 사과하고 싶었다.

"후우……."

하지만 이제 그는 없었다.

일주일째, 도와준다고 했으면서 사라져 버린 그에 대한 생각이 머릿속에서 떠나지를 않았다.

왕도에는 어제 도착했다. 도착하자마자 물품을 전부 처리했고, 휘황찬란한 왕성에 숙소도 받았다.

그런데도 휘린의 입에서는 근심 섞인 한숨이 마르지를 않았다.

똑똑.

"가주님."

헨리의 낮은 부름.

"네."

"차샤 님과 노엘 님이 찾아오셨습니다."

"안으로 모시세요."

"네."

문이 열리고 차샤와 휘린이 평소 복장으로 들어왔다. 씻고 왔는지 머리카락에서 물기가 느껴졌다.

"오셨어요."

"응, 우리 고용주님은 아직도 우울한 상이네?"

"아하하."

차샤의 농담에 휘린은 난처한 웃음을 흘렸고, 뒤이어 픽!
하는 소리와 억! 하는 소리가 순차적으로 들렸다. 노엘이 팔
꿈치로 차샤의 옆구리를 찌르며 난 소리였다.

"아직… 아니에요."

"응응, 없어."

휘린이 얼버무린 말에도 차샤는 친절하게 답을 내줬다. 휘
린이 하루 종일 석영을 기다리는 건 비밀도 아니었다. 차샤도
말없이 사라진 석영이 돌아오길 기대하고 있었지만 휘린만큼
은 아니었다.

"가셨던 일은요?"

"잘 해결했어. 다행히 왕녀님의 소개장으로 좀 싸게 준비를
맞췄지. 꽤나 쏠쏠한 혜택도 받았고."

"잘됐네요."

"그래서 우리 고용주님, 리안 성으로의 복귀는 언제인가?"

"음……."

솔직히 왕도에서 할 일이 좀 있는 편이다. 물건만 판다고 바
로 돌아갈 수는 없는 법이다. 상가의 주인이라면 모름지기 문
물(文物)을 눈과 머리에 담을 필요가 있었다. 그리고 각 상단
과의 교류도 중요했다.

나중을 위해서라면 안면을 익혀둬야 하는 건 지극히 당연
한 일이었다.

"일단 내일은 물건을 좀 사들일 생각이에요."

"그럼 하루 빼고."

"고용주께서는 그냥 신경 쓰지 마세요."

차샤와 노엘이 거의 동시에 얘기했다.

"네?"

"일정을 저희에게 맞출 필요는 없습니다. 오는 길에 사고가 생겨 좀 늦긴 했지만 발키리 용병단의 다음 계약도 아직 시간이 넉넉하게 남았습니다. 이곳에서 한 달 정도는 있어도 상관없으니 저희 용병단 스케줄에 맞출 필요는 없습니다."

"아… 네."

처음 듣는 노엘의 긴 말에 휘린은 어색한 웃음과 함께 고개를 끄덕였다. 평소라면 그냥 웃으며 고개를 끄덕였을 텐데, 석영이 떠난 후 생긴 여파가 아직도 휘린을 휘감고 있었다.

"그리고 고용주님."

"네."

"내일은 말고, 며칠 휴식한 뒤 움직이시길 권해 드리고 싶습니다."

딱딱한 노엘의 말에 휘린이 다시 눈을 동그랗게 떴다.

"지금 안색이 너무 창백합니다. 이러다 쓰러지는 게 아닐까 걱정이 될 정도입니다."

"아……."

"건강한 육체에서 정신도 나오는 법입니다. 물론 그 반대의 경우도 있겠지요."

"알겠어요."

노엘의 말에 휘린은 이번에도 수긍했다. 엄한 선생님 같은 노엘에게 겁을 먹은 건 아니었다. 솔직히 피로를 느끼고 있긴 했다. 긴 여정과 그 여정 속에 있었던 기습, 그리고 석영의 일까지.

그렇게 생긴 정신적인 스트레스가 장난이 아니었다. 그 스트레스가 안 그래도 체력이 약한 휘린의 몸을 갉아먹고 있었지만, 그녀는 지금 억지로 버티고 있었다. 차샤와 노엘의 눈엔 그게 너무나 잘 보였다.

실제로 휘린도 느끼고 있었다.

체력적으로도, 정신적으로도 지금 한계에 도달했음을.

"그러니 일단은 체력을 회복하고, 그다음부터 움직이는 게 좋습니다. 고용주가 과로로 쓰러지는 용병단의 일원이 되는 건 사양이니까요."

"알겠… 어요."

휘린은 입술을 살짝 깨물고 고개를 끄덕였다.

그녀의 말은 틀린 부분이 하나도 없음을 알았기 때문이다.

둘이 나가고, 휘린은 다시 창밖으로 시선을 돌렸다.

휘이잉.

이제는 쌀쌀한 바람이다.

그녀는 어깨에 두른 천을 좀 더 단단하게 여몄다. 여기서 이렇게 기다린다고 해서 그가 보이는 건 아니다. 이곳은 무려 왕성. 그중에서도 왕녀가 기거하는 별관의 궁이니까. 하지만 그럼에도 휘린은 창가에서 벗어나질 못했다.

원망?

말도 안 하고 사라져서?

그런 생각은 조금도 들지 않았다.

그저 미안했다.

눈 뜬 그에게 미안해요, 무서웠어요, 고마워요, 지켜줘서요, 이 말을 하고 싶었다. 그를 만나면 가장 먼저 하고 싶은 말이기도 했다.

'그때 왜 그때······.'

못 했을까.

그 말을 못 해서, 겨우겨우 숨기고는 있지만 가슴이 미어지는 것 같았다. 휘린은 이 감정을 안다.

차샤나 노엘은 알까? 헨리는? 알지도 몰랐다.

사모하는 이 마음을.

휘린은 어리다.

그러나 어리다고 이 감정을 모르는 게 아니었다. 지금 그녀가 느끼는 이 감정은 그의 부재에서 나오는 단순한 그리움이 아니다. 그에게 받은 물질적 도움에 대한 감사의 인사를 못 해서도 아니다. 그가 목숨 걸고 지켜줌에 대한 고마움도 아니다.

이건 그냥······.

'열병······.'

사랑이다.

휘린은 가슴에 슬며시 손을 가져다 댔다.

쿵, 쿵쿵.

걱정 때문에 빨라지는 박동일까. 아니면 석영을 생각해서 반사적으로 빨라지는 박동일까. 그녀는 답을 깨달았다.

"보고……."

하지만 끝내 그 답을 끝까지 내뱉지 않았다.

*   *   *

"저러다 병나겠는데?"

휘린의 방을 나와 나란히 걷던 차샤가 혼잣말처럼 툭 던졌다. 그러나 노엘은 그런 그녀의 얼굴을 빤히 바라보며 걷기 시작했다. 시선을 느낀 차샤가 노엘을 보더니, 뭔가 뜨끔한 표정이 됐다.

"왜? 뭐?"

"아닙니다."

소꿉친구인 사이인 차샤와 노엘이다. 아장아장 걷기 시작할 때부터 함께했으니, 당연히 친자매만큼이나 사이가 좋고, 서로가 서로를 잘 알았다. 차샤가 아무리 숨기고 싶어도, 노엘은 그걸 귀신같이 알아낼 정도의 사이란 소리다.

"뭐야, 그 눈빛은? 꽤나 기분 나쁜데!"

"아리스에게 들었어요."

"엑! 들었어? 진짜?"

"네."

"흐악……"

바람 빠지는 풍선처럼 걷다 말고 차샤는 이곳이 왕궁이란 것도 잊은 채 무릎을 꿇고는 좌절 모드에 들어갔다. 그런 차샤의 모습에 건너편에서 다가오던 시녀가 흠칫 놀랐다.

"일어나요. 무슨 짓이에요, 복도에서."

"흐응… 그땐 그냥 너무 고마워서……"

"알았으니까 일어나요."

"안 거지? 내 마음 알지?"

벌떡 일어난 차샤가 노엘의 어깨를 잡고 흔들었다. 덜컥거리던 노엘의 얼굴에서 안경이 뚝 떨어졌다. 그러나 그건 차샤가 다시 귀신같이 잡아서 씌워줬다.

"진짜 알지? 응? 내 맘?"

"어지러우니까 그만해요."

"응응! 알아만 준다면!"

"알았다니까… 요."

소리를 확 치려고 했던 모양인지, 가슴이 쭉 올라왔다 다시 내려갔다. 그 모습에 차샤는 얼른 어깨에서 손을 떼고 물러났다.

"에헤헤."

"하아."

노엘만 있으면 애처럼 구는 차샤였다.

다시 나란히 복도를 걸어 배정받은 숙소로 들어가자, 예상 밖의 손님이 기다리고 있었다.

"어머, 왕녀님께서 여긴 어쩐 일로……."

"불편함은 없으신가 해서 들러봤어요."

왕성에 도착해서도 마리아 왕녀의 복장은 편함이 없었다. 화려함이라고는 찾아볼 수 없는 평상복에서 장신구는 머리를 묶은 끈을 빼고는 아예 없었다. 그 모습이 참으로 소탈해 보였다.

"괜찮습니다. 과분한 대접이라 생각할 정도입니다."

노엘이 평소의 딱딱한 모습과 말투로 대답하자 마리아 왕녀는 박꽃 같은 미소를 짓고는 자리를 권했다. 두 사람이 자리에 앉자 시녀가 바로 차와 다과를 내왔다. 차에서 느껴지는 향도 익숙했다.

용병단 본거지와 숙소에 대량으로 구해놓은 차다. 다과의 종류도 마찬가지. 정말 마리아 왕녀의 성품이 고스란히 나오는 모습이었다. 그래서 차샤는 묘한 미소를 그리고는 노엘을 바라봤다.

"아, 혹시 입맛에 안 맞으시나요?"

"아닙니다. 평소에도 즐겨하는 종류입니다."

"그래요? 다행이네요, 후후."

이어지는 티타임은 고요 속에 진행됐다. 원래 말이 없는 편은 아닌데, 마리아 왕녀는 이상하게 이후로 분위기를 조금씩 잡아가고 있었다. 10분 정도 지났을 때, 노엘이 찻잔을 쨍! 소리 나게 내려놨다.

"이제 말씀해 주시겠습니까?"

"음, 그럴까요?"

"네."

불편함이 있나 없나 확인하러 왔다는 말은 그냥 변명에 불과했고, 누가 봐도 지금 마리아 왕녀의 모습은 용건이 있어서 온 사람의 모습이었다.

"장황한 설명과 함께 부탁을 드리려 했는데, 쉽게 말이 떨어지지가 않네요."

"요점만 짚어주시면 잘 알아듣겠습니다."

"그럼 그럴게요."

후릅.

다시 목을 축인 마리아 왕녀가 본론을 꺼내기 시작했다.

"북동부 경계선이 심상치가 않아요."

"북동부 경계선이면……."

"네, 우르크 왕국과 국경이 맞닿은 곳이죠."

"하아."

차샤의 입에서 대뜸 한숨부터 나왔다.

우르크 왕국.

굉장히 호전적인 왕국이다. 특히나 초인을 보유한 이후부터는 더 지랄이었다.

"혈전사, 그 미친놈이 움직였나요?"

"네, 첩자로부터 그가 수도를 떠났다는 정보가 들어왔어요."

차샤는 말없이 옆구리에 손을 슬쩍 가져다 댔다. 욱신거리는 통증이 즉각적으로 올라왔다. 하지만 이건 육체적인 고통이 아니고, 정신에 각인된 고통이었다.

차샤는 한번 의뢰를 수행하다 혈전사를 만난 적이 있었다. 당시는 피에 미친 전사 놈이 초인으로 각성 전이었다. 그런데도 차샤는 졌다.

놈의 무기에 옆구리가 갈렸고, 뒤늦게 지원 온 송, 아리스, 노엘이 없었으면 다음 공격에 목숨을 잃었을 거다.

"원래는 저격수, 그분에게 부탁할 예정이었어요. 한번 거절당했지만 말이죠."

"으음……."

저격수.

석영은 지금 종적을 감춘 상태였다.

"지금은 왕녀님이 힘을 쓸 수 있는 상황 아닙니까?"

노엘의 말에 마리아 왕녀는 고개를 살살 저었다. 그녀가 무사히 왕성으로 들어오면서 이제 일주일 뒤면 대관식이 열리게 된다. 그럼 마리아 왕녀는 마리아 여왕이 되고, 프란 왕국의 왕이 된다.

"제가 여왕이 되어도 아직은 온전히 왕권을 행사하긴 어려워요."

물론 그래도 정적은 셀 수 없이 남아 있었다. 송이 미행해서 알아낸 그날 기습의 배후인 반드레이 공작가와 그를 따르는 귀족 가문들, 상가들 모두 마리아 왕녀의 적인 셈이다. 이 말은 당분간은 제대로 실권을 휘어잡긴 글렀다는 소리도 된다.

"혹시, 우리더러 혈전사를 막아달라고 부탁할 생각인가요?"

조금은 날카로운 차샤의 말이 마리아 왕녀를 향해 날아갔다.

"그것도 아니에요."

그러나 마리아 왕녀는 그것도 아니라며 고개를 저었다.

"혈전사는 초인. 초인의 무서움은 저격수를 그분만 봐도 충분히 알 수 있었어요. 인간과 인간을 벗어난 자의 싸움이 어떻게 진행되는지 말이죠. 그걸 아는데 어떻게 여러분들에게 희생을 강요할 수 있겠어요?"

"그럼… 하고 싶은 말이 뭔지 속 시원하게 말씀해 주셨으면 좋겠습니다."

"여러분들을 제 개인 호위로 고용하고 싶어요."

하.

마리아 왕녀의 말에 차샤는 곧바로 짧게 한숨을 토해냈다.

개인 사병. 말이야 쉽긴 하다. 이제는 여왕이 될 마리아 왕녀의 개인 호위면 금액은 둘째 치고 상당한 명성도 얻을 수 있을 것이다.

그러나 마리아 왕녀가 간과한 게 있었다.

"저희는 용병입니다."

노엘의 대답, 바로 이 부분이다.

용병은 자유를 원한다. 한곳에 소속되기는 싫은 이들이 찾는 곳이 바로 용병단이었다.

발키리 용병단도 마찬가지였다. 그들 전부가 의뢰가 없을 때는 자유롭게 활동을 할 수 있는 생활이 좋아 용병을 택했다. 그런데 개인 호위를 맡아달라고? 아마 그런 결정을 내리면 발키리 용병단의 태반이 떠나 버릴 거다. 특히 아리스는 당장에 자리를 털고 떠날 거다. 아, 차샤도 마찬가지고.

그러니 단장인 차샤가 그런 결정을 내릴 리가 없었다.

"죄송합니다, 왕녀님."

갸웃.

사과를 던진 차샤는 순간 뭔가 이상함을 깨달았다.

'혈전사를 얘기를 하다가, 왜 갑자기 개인 호위 얘기로 대화가 틀어졌지?'

힐끔 노엘을 보니 그녀도 뭔가 이상함을 느낀 것 같았다. 아니, 이건 이상함이 아니라 그냥 이상했다.

"본론이 아니었군요."

"네. 그건 그냥 제 소망 비슷한 것뿐이었어요."

"이런… 그럼 혈전사 건이 본론이군요."

"네. 아, 아까 말씀드렸다시피 그를 막아달라는 건 아니에요. 제가 부탁드릴 건 북부 전선의 동태를 파악해 달라는 거예요."

"음……."

"북부 전선의 지휘관은 믿을 만한 분이세요. 하지만 그렇기 때문에 사방위 주둔군 중 가장 병력이 적어요. 현재 북부군의 병력으로 전선 전부를 파악하기엔 무리가 있을 거예요."

"그러니까 저희에게 혈전사의 위치를 파악해 달라는 말씀이시죠?"

"네. 혈전사는 대인전에 능하지만 암살에도 일가견이 있다고 들었어요. 북부군의 지휘관이신 나림 님에게 만약 무슨 일이라도 생긴다면… 우르크 왕국을 막기는 힘들 거예요."

마리아 왕녀의 말을 곧이곧대로 믿는다면 저 말은 분명 타당성이 있었다. 하지만 굳이 자신들이 움직이지 않아도 혈전사를 찾을 수 있는 방법은 많았다.

차샤는 엉뚱하고 발랄하기만 용병이 아니었다. 정말 그렇기만 했다면 죽어도 벌써 죽었다. 용병 세계에서 눈치가 없음은 그저 이용만 당하다가 죽기 딱 좋으니 말이다.

그럼 노엘은?

말해 뭐 하나.

발키리 용병단의 머리가 노엘인데.

"마리아 왕녀님의 얘기는 잘 들었습니다. 하지만 역시 내키지 않습니다."

"어째서죠? 왕국을 위한 길이에요."

"용병에게 충심을 요구하는 건 옳지 않습니다, 왕녀님."

"아, 그렇죠. 용병이란……."

"모름지기 돈입니다. 하지만 저희는 돈보다 목숨이 더 중요합니다. 만약 혈전사를 발견하는 상황이 온다면 그건 혈전사가 우릴 발견하고 공격하는 경우지, 저희가 발견하는 경우는 아닐 겁니다."

노엘의 말에 마리아 왕녀가 처음으로 입을 다물었다. 그녀는 제대로 이해를 못 한 거다, 이쪽 세계를.

"기, 혹은 마나라고 합니다, 초인의 조건이. 이 기나 마나를 사용하게 되면 감각 자체가 월등하게 올라갑니다. 제아무리 날고 기는 척후가 움직여도 초인이 아닌 이상 초인의 감각을 피해 파고드는 건 절대 있을 수 없습니다."

"으음……."

"더 직설적으로 얘기하자면 지금 왕녀님의 의뢰는 저희더러 가서 죽어달라고 하는 것과 똑같습니다."

"…그렇군요. 몰랐어요."

마리아 왕녀는 순순히 고개를 끄덕였다. 이어 고개를 살짝 숙여 차샤와 노엘에게 무지에서 나온 무리한 부탁을 사죄한 후, 다시 고개를 들더니 대뜸 말했다.

"그럼 마지막 부탁은 들어주시겠어요?"

"……."

"대관식. 대관식이 끝나는 날까지만 절 지켜주세요."

"……."

"두 번이나 거절당했는데 제 체면도 좀 생각해 주세요."

그러더니 살며시 웃는 마리아 왕녀.

차샤와 노엘은 잠깐 서로를 바라봤다.

그리고 이어 한숨을 푸욱 내쉬었다. 지금 두 사람의 머릿속엔 이건 거절 못 하겠다는 생각이 들 거다.

깨끗이 당했다.

마리아 왕녀의 원래 목적이 이건 아니었겠지만, 불가능한 것 두 개를 먼저 들이밀고, 거절당하자 마지막 패를 슬쩍 깠다. 아마 마리아 왕녀도 알았을 거다. 앞의 두 가지는 두 사람이 거절할 것이라는 걸. 그러니 가장 현실성 있는 부탁을 가장 마지막에 세팅했다.

'보통이 아니네……'

저 순한 외모와 수수하고 소탈한 성격과는 별개로, 마리아 왕녀는 심계가 깊었다. 이게 차샤와 노엘이 동시에 느낀 감정이었다.

"이것도 힘드나요?"

재차 확인하는 마리아 왕녀.

하아.

차샤는 결국 한숨과 함께 받아들이겠습니다, 라는 말을 내뱉을 수밖에 없었다.

*   *   *

"으음……."

깊은 암흑 속에서 빠져나오며 흘리는 신음. 어두웠던 세계가 서서히 밝아짐을 스미든은 느꼈다. 그는 왕도까지 정말 이를 악물고 도망쳤고, 국장 라이놀의 은신처를 찾음과 동시에 기절했다.

"정신이 드나?"

"으으으……."

정신이 드니, 뼈가 시릴 정도의 오한이 들었다. 그러나 그도 산전수전 다 겪은 정보원이다. 한 번 든 정신을 다시 놓치는 게 얼마나 위험한지는 잘 알았고, 이를 악물고 버텨내기 시작했다.

"여긴……."

"다른 안가야. 그보다 어떻게 된 건가?"

"저격수… 괴물……."

"저격수? 괴물?"

단어만으로도 충분히 상황을 알 수 있지만, 원래 사람이 그런 걸 잘 안 믿었다. 왜? 허황된다 생각했기 때문이다. 특히 이들처럼 확실한 증거와 정보를 취급하는 이들은 말이다.

"공작가의 병력은… 전멸했습니다……."

"왕녀가 고용한 용병단이 그렇게 강했나?"

"아니… 저격수 일인……."

라이놀도 이제야 스미든의 말에 얼굴을 굳히기 시작했다. 스미든은 손목 위까지 아예 날아갔다. 무슨 짐승에게 찢겼는지, 살이 너덜너덜거렸다. 포션을 들이부었음에도 제대로 상처가 아물지 않아 제대로 염증을 일으킨 채, 그렇게 안가를 찾았다. 이후 바로 기절했다고 들었다. 그리고 기절한 동안, 지독한 악몽이라도 꾸는지 하루에 몇 차례나 시트를 갈아야 할만큼 식은땀을 흘렸고, 공포에 질린 신음도 같이 흘렸다.

"그 정도였나?"

"괴물… 이었습니다. 기사단 이백… 을 혼자 포위했… 습니다."

일인이 이백을 포위했다는 말에 라이놀은 입을 꾹 다물었다. 눈빛은 깊게 가라앉아 하얗게 질린 채 아직도 식은땀을 흘리는 스미든의 눈을 바라봤다.

탁했다. 뿌옇게 습기가 낀 눈빛. 썩은 동태 눈깔과 참 비슷하다. 즉, 숨이 넘어가기 일보 직전이란 소리다.

"각이 없는… 저격, 모습을 드, 드러내면… 무조건 죽습… 니다."

호흡이 차는지, 스미든은 헐떡거렸다. 하지만 그럼에도 자신이 보고, 느낀 것을 계속 말하는 걸 멈추지 않았다.

"저, 적으로는… 저, 절대… 안……."

그러나 한계가 금방 찾아왔는지, 스미든은 눈을 감았다. 수하를 힐끔 봤더니, 다시 잠든 것뿐이란 말을 전해왔다.

라이놀은 고민했다. 스미든을 죽일까, 말까를 말이다.

"회생 가능성은?"

"스미든입니다. 이겨낼 겁니다."

생각을 읽었는지 재빨리 나온 스미든의 동료 레믹의 말에 라이놀은 고개를 끄덕였다. 그래, 죽이긴 아까웠다. 스미든은 자신의 수하 중 가장 뛰어난 자였다. 특히 공작 쪽에서는 최고였다. 그 증거가 바로 반드레이 공작가였다. 어떻게 그의 눈에 들더니, 순식간에 그와 독대하는 자리까지 올라섰다.

그런 능력은 정말 타고나야만 가능하다는 걸 스미든은 잘 알고 있었다. 그래서 지금은 죽일 때가 아니라고 결론 내렸다. 이겨내면 다시 부려먹으면 되니까. 결론을 내린 라이놀은 신형을 돌리며 레믹의 어깨를 툭툭 쳤다.

"잘 보살펴서, 꼭 살려내게."

"네, 국장님."

"그래, 고생하고."

라이놀은 밖으로 나가며 '국장님'이란 단어를 곱씹었다. 이상하게도 국장이란 단어가 국왕이란 단어로 들린 것 같았다. 아니, 그렇게 듣고 싶었다.

"국왕. 일국의 국왕… 좋지, 그것도."

국왕이란 단어는 참으로 듣기 좋은 단어였다, 라이놀에게는.

"대통령… 당신은 내 발 아래 반드시 무릎 꿇게 될 거야. 빌어먹을 개새끼들, 너희도……."

밖으로 나와 달빛을 바라보는 라이놀의 눈빛이 독기와 욕심, 탐욕이 뒤엉켜 칙칙한 빛을 뿌려냈다. 그리고 그런 라이놀을 왜소한 그림자 하나가 조용히 바라보다가, 라이놀이 안가로 다시 들어가자 사라졌다.

*   *   *

서걱.

푸확!

도가 지나간 자리에 목이 뜨고, 잘린 단면에서 피가 분수처럼 솟구쳤다. 털썩 쓰러지는 목 잃은 시체를 바라보던 사내가 피식 웃었다.

"아, 이것들은 재미없네."

짙은 붉은 기를 머금고, 사자의 갈기처럼 기른 사내에게 복면을 뒤집어쓴 일단의 무리가 다가왔다.

"다 정리했습니다, 대장. 흐흐."

"재미들은 좀 봤냐?"

"물론입죠. 으흐흐."

피식.

이름 대신 이제는 대장, 혹은 혈전사(血戰士)라 불리는 사내는 피를 머금어 축축하게 젖은 머리를 쓸어 올리고는 피 냄새와 불타는 시체의 냄새가 코를 찌르는 마을의 전경을 둘러봤다.

이곳은 프란 왕국 북부의 작은 마을이었다. 지금 그는 자신의 수하 스물만 딱 데리고 전희를 즐기고 있었다.

이제 곧 준비가 끝난다.

어수선한 프란 왕국.

대륙의 중앙에 딱 위치해 물류의 중심지가 되면서 막대한 재화를 긁어모으는 프란 왕국을 우르크 왕국은 예전부터 탐을 내고 있었다. 주변 정세가 안정되지 않아 전쟁 중 뒤통수를 맞을까 봐 자제했을 뿐이지, 시기만 오면 날카로운 이빨을 들이밀 생각이었다. 그런데 마침 그 시기가 왔다.

정정하던 프란 왕국의 국왕이 쓰러지고, 얼마 뒤 마리아 왕녀가 여왕의 자리에 오른다는 첩보가 들어온 거다.

이걸 놓칠 우르크 왕국의 국왕도, 그리고 혈전사도 아니었다. 대대적이면서도 극히 은밀한 병력 소집은 이미 시작됐다. 대관식이 열리는 날, 침공이 시작될 거다. 혈전사는 전쟁 전에 피 맛으로 감각을 다시 세울 작정으로 이렇게 프란 왕국의 마을을 습격하고 있었다. 하지만 혈전사는 초인.

"다음 마을은?"

"이틀 거리, 좀 걸립니다. 헤헤."

"흠… 규모는?"

"좀 크다지… 야, 거기 크다고 했지?"

"네! 이백 호 마을입니다!"

혈전사는 그 말에 고개를 바로 저었다. 뭐, 자신이 움직이고 있는 거야 어차피 알 테지만, 그래도 위치는 조심해 주는 게 좋다. 이백 호면 천에 가까운 인구가 사는 마을이다. 그들 전부를 다 죽여 없앨 수는 없다. 이쪽의 수가 너무 부족해서 말이다. 피에 미쳤어도, 그건 피를 볼 때뿐이다. 그 외의 상황에는 나름 냉정한 혈전사였다.

"포기. 더 작은 마을로 골라. 부족해도 전쟁 전까진 조심해야지."

"넵! 다시 찾겠습니다!"

전쟁 전에 제대로 발각되면 북부군 전체가 움직일지도 모른다. 제아무리 혈전사라고 해도 작정하고 달려드는 수만의 군세를 뚫기는 힘들었다.

'몇 천이면 몰라도…… 흐흐.'

아우……!

아우우……!

피 냄새를 맡았는지, 저 멀리서 늑대 울음소리가 사방에서 들려왔다.

피식. 그 울음소리를 들은 혈전사의 얼굴에 다시금 광기가 서리며 붉은 아지랑이가 그의 몸을 감쌌다. 푸스스. 옷에 묻었던 피가 기화되며 비릿한 향을 풍겼고, 그 향을 맡으며 히죽 웃는 혈전사는 그야말로 피에 젖은 괴물로 변해 있었다.

석영은 구한 여인 둘을 지원에게 인계했다. 아영이 영어를 좀 해서 잠시 대화를 나눠봤는데, 둘은 뒷골목 출신 스트립 댄서라고 했다.

어려서부터 정말 별의별 일을 다 겪어봤다고 했다. 온갖 변태가 드나드는 곳에서 먹고살기 위해 스트립을 했고, 그 결과, 멘탈이 단단해져 무서웠어도 현실을 빠르게 파악했다.

석영이 자신들을 구해줄 동아줄이라는 현실을 말이다. 그 래서 고분고분 석영의 지시에 따라 지원에게, 그리고 다시 프 릴 중대에 인계됐다. 그러면서 중요한 정보 하나를 석영에게 건네줬다.

거대한 괴물을 봤다는 정보였다.

부족장보다도 머리 하나는 더 크고, 더 거대하다고 했다. 그리고 그 거대한 괴물의 뒤로 기하학적인 문양이 그려진 붉은 오벨리스크가 박혀 있다고 했다.

"갈 거예요?"

"고민 중이야."

편하게 등을 기대고 쉬던 아영의 질문에 석영은 짧게 답을 줬다. 석영은 아직 결정을 내리지 못했다.

거대한 괴물. 아직 정체를 확인하진 못했지만 어쩌면 이 구역의 최종 보스일 수도 있었다.

또한 붉은 오벨리스크는 어쩌면 통신을 방해하는 용도일 수도 있었다. 만약이지만, 아닐 수도 있지만 지금 당장은 그쪽에 무게가 실렸다. 그게 아니라면 통신이 불가능한 이유를 설명할 수 있는 게 아무것도 없으니 말이다.

"오빠."

아영의 심드렁한 목소리가 다시 들려왔다.

"응."

"심심해요."

"자."

"이씨, 심심한 거랑 자는 거랑 뭔 상관인데?"

뾰로통한 아영의 목소리에 석영은 하아, 하고 짧게 한숨을 흘렸다. 김아영, 참 변하지 않는 여자였다. 이런 상황에서도 심심하다고 칭얼댈 수 있는 사람이 대체 몇 명이나 될까? 멘탈 보정 시스템의 영향이 있다지만 저건 그냥 타고난 것 같았다.

"놀아줘요."

"쉬자."

"놀아줘."

"하……."

포기한 건 아니었다.

애도 아니고 놀아주긴 뭘 놀아주나? 석영은 고개를 절레절레 젓고는 자리에서 일어났다.

"어, 어디 가요? 어디 가는데?"

"화장실."

"거짓말! 귀찮아서 피하는 거지!"

빙고다.

쫑알쫑알대는 아영이 사실 좀 귀찮았다. 쉴 때는 정말 아무것도 안 하면서 쉬는 걸 석영은 좋아했다. 머리를 쓰는 것도, 몸을 쓰는 것도 피로가 남아 별로였다. 그런데 아영이 자꾸 괴롭히니 그냥 자리를 피할 생각이었는데, 아영은 정말 그걸 기가 막히게 알아차렸다.

"가기만 해. 나 따라갈 거야."

"화장실 간다니까?"

"거짓말인 거 알아."

"하아, 진짜 왜 그러냐?"

"헤헤, 오빠 무서워요… 아영이 혼자 둘 꼬야?"

"……."

"더한다?"

"……."

졌다.

졌어.

석영은 그냥 자리에 털썩 주저앉았다. 저 애교를 계속 듣느니, 그냥 좀 참는 게 훨씬 나았다. 자리를 피하길 단념한 석영이 자리에 앉아 지원에게 받은 군용 백에서 전투식량을 꺼냈다.

'이 빌어먹을 걸…….'

다시 먹게 되다니.

석영의 인생에서 가장 지옥 같던 군 시절이 다시 떠올라 짜증이 왈칵 올라왔다. 능숙한 손길로 전투식량을 준비하자니, 아영이 자신의 것도 석영의 눈앞에 내밀었다.

"아, 넌 안 해봤지."

"내가 할 일이 있겠어?"

석영은 아영의 것도 해주고는 적당히 시간이 지나자 전투식량을 먹기 시작했다. 고블린은 후각이 좋은 놈들이긴 하지만 그런 걸 신경 쓰면 영양분 섭취는 아예 불가능하다. 그리고 지대가 높은 곳에 자리 잡아서 충분히 괴물의 접근을 알아차릴 수 있었다.

"아… 맛없어."

아영도 한술 뜨더니 인상을 빡 쓰며 아주 솔직한 감상평을
내놨다. 그래, 전투식량이 아무리 개량되어 봐야 전투식량이
다. 진짜 이건 먹는 게 아니라 꾸역꾸역 위로 밀어 넣는다는
느낌이라 보면 된다.

어떤 사람들은 전투식량이 그냥저냥 먹을 만하다고도, 맛
있다고 하는 사람도 있지만 석영은 절대 아니었다.

"우와… 못 먹겠다, 이건 진짜."

"그냥 밀어 넣어. 먹어야 움직일 힘이 난다."

"후… 알았어. 근데 원래 다 이래?"

"아마도."

연예인이 되면서 맛있는 것만 먹었던 아영의 입맛에 이런
전투식량이 입에 맞을 리가 없었다. 게다가 예전에 얼핏 들은
건데, 세상이 변하기 전 지원과 아영의 취미가 맛집 탐방이라
고 했다.

석영도 꾸역꾸역 전투식량을 위에 밀어 넣고, 물로 입을 축
였다. 그래도 따뜻한 음식물이 배로 들어오니 속이 든든해졌
다. 아영도 곧 다 먹고는 물을 마시고, 웩 하는 소리와 함께
벽에 등을 기대며 늘어졌다.

석영은 주변을 잠깐 살펴보다가 담배를 꺼내 불을 붙였다.
연기는 위로 날아갈 거다. 불빛을 확인할 수 있는 각도 없다.
담배 한 대 피울 정도의 여유는 있었다.

지이익, 후우…….

담배 한 대에 시름을 실어 날려 버릴 정도의 감성은 필요 없었고, 텁텁한 연기가 들어오자 좀 늘어지려던 정신이 돌아오는 것 같았다. 한 대를 다 피우고 바닥에 비벼 끄는데, 석영의 귀로 익숙했던 신호가 들어왔다.

삑, 삐익, 삑삑.

지원 요청 신호였다.

"아영아, 준비해."

"응."

아영은 바로 군말 없이 일어났다. 장비를 챙기고, 준비가 되자 석영은 바로 지원을 향해 출발했다.

콰앙……!

계단을 내려오자마자 저 멀리서 폭음과 함께 지면이 흔들리며 불길이 확 솟구쳤다. 그 불길을 보며 멈칫한 두 사람은 서로를 바라보다가 곧바로 신형을 날렸다.

*　　　　*　　　　*

놈들의 접근은 갑작스러웠다.

천하의 한지원이 20m 이상 들어올 때까지 기척조차 잡지 못했다. 한지원이 못 잡았는데 다른 대원들이라고 다를 게 없었다.

"터뜨려."

"네."

지원의 명령을 받은 대원 하나가 얼른 신호를 보냈고, 설치해 놨던 폭탄을 그대로 터뜨렸다.

콰앙······!

두드드드!

귀가 먹먹해지는 굉음과 함께 지면이 뒤흔들렸다.

"탈출한다!"

"지원아!"

휙!

"알았어······."

지원을 불렀던 창미가 눈빛에 바로 고분고분해졌다. 자신의 감각을 속이고 들어왔다. 창미의 감각도 마찬가지였다.

"프릴, 먼저 내려가!"

"라져!"

지원의 명령에 프릴도 군말 없이 따랐다. 어떻게 알았는지 휴식지를 급습한 고블린들. 지원이 확인했을 때, 그 수가 무려 이백이 넘는다고 했다. 그리고 대체 무슨 짓을 한 건지 기척이 거의 느껴지지 않는다고 했다.

이 두 가지 이유만으로도 자존심을 접고 도망치기엔 차고 넘쳤다.

프릴이 석영이 구한 여인 둘을 데리고 내려간 다음, 그녀의 중대가 빠져나갔다. 뒤이어 지원과 창미도 바로 빠졌다. 지원은 바람처럼 내달려 프릴의 옆에 섰다.

"다음 장소가 있나?"

"있지! 앞장설게!"

"달려! 뒤는 우리한테 맡기고!"

"라져!"

프릴은 중대에 알파 지점으로! 라고 크게 소리치곤 가장 선두로 치고 나갔다. 주변을 살펴보고 도망칠 여유도 없었다.

키에에엑!

고블린들이 달려오고 있었으니까.

저 정도야 화력만 집중하면 조지는 건 일도 아니다. 하지만 그 소란에 라스베이거스에 남아 있는 다른 고블린들이 몰려오는 게 더욱 문제였다. 작정하면 피해를 감수하면서 정리할 자신은 있었다.

하지만 머나먼 타국 땅에서 더 이상 동료의 전사를 겪기는 싫었다. 지원의 목표는 그 누구의 희생도 없이 전원 무사 복귀였다.

고고고!

프릴이 가장 앞에서 연신 중대를 독려하며 달렸다. 휙휙! 암기가 지원의 머리카락을 스쳐 지나갔다.

푹!

뭔가에 꽂히는 소리가 났는데 다행히 신음은 나오지 않았다. 지원은 망설였다. 석영에게 신호를 보냈다. 그는 아마 목소리를 통해 잘 따라올 거다.

"따라잡히겠는데?"

무거운 군장을 메고도 남자 육상 선수보다도 빠르게 달리던 창미의 말에 지원도 고개를 끄덕였다.

거리는 점차 좁혀지고 있었다.

"저 새끼들 저거, 일반 고블린이 아니야."

"나도 봤어. 속도가 일반 고블린보다 반 배는 빨라."

그게 아니라면 따라잡힐 이유가 없었다. 군장을 메고 달리긴 하지만 지원을 포함한 대원 모두가 100m를 8초 대에 끊었다. 원래 그 이전에도 여자 육상 선수만큼이나 빠르기도 했고, 지원을 포함한 대원 20명이 그동안 모아놓은 신체 강화 주문서의 덕분이기도 했다.

그런데도 따라잡히고 있었다. 조금씩이지만.

"안 되겠어, 선두 열 무너뜨리고 가자!"

"오호홋!"

창미가 지원의 말에 곧바로 멈춰 선 다음, 흔하디흔한 ak라이플을 고블린을 향해 겨눴다. 기본 강화가 전부 끝난 라이플 소총이다. 탄도 마찬가지고. 화력은 아주 확실한 놈이었다.

"대가리만!"

"오케이!"

투둥! 투둥! 투둥!

지원과 창미의 연발 사격에 다시 불꽃이 번쩍였다.

키엑!

키아악!

작은 도끼, 조각 칼, 몽둥이를 들고 오던 선두의 고블린들이 비명과 함께 쓰러져 갔다. 두 사람의 사격 솜씨는? 500m 표적지도 제대로 작정하고 백발을 쏘면 전부 미간에 꽂을 자신이 있는 두 사람이었다.

이상한 옷을 두르고 있어 심장은 피했고, 전부 미간만 노렸다. 한 발에 한 놈씩. ak소총 특유의 육중한 격발 소리와 화연, 그리고 고블린의 비명 소리가 들렸다. 탄창 하나가 순식간에 텅 비었다.

두 사람이 탄창 하나를 비우면 잡은 놈이 총 30마리에 육박했다. 사체 챙기기? 그럴 겨를이 있겠나? 저놈들 뒤에 제대로 수가 파악도 안 된 본대가 있는데. 미친년처럼 칼춤을 한바탕 치고 싶은 둘이지만, 지금은 작전 중이었다. 지휘관의 전사가 어떤 결과를 초래하는지 아주 잘 아는 두 사람이다.

"빠져!"

"응!"

지원의 말에 창미는 미련 없이 바로 다시 신형을 돌려 도망쳤다. 키엑! 키에엑! 고블린의 거슬리는 소리가 들렸지만 거리가 상당히 멀었다. 먼저 다가오던 선두를 전부 정리한 뒤라 당연한 일이었다.

"중위님!"

저 멀리서 대원 하나가 손을 흔들었다. 그쪽으로 방향을 틀어 달려갔더니 지하 대피소로 통하는 계단이 보였다.

"이거……? 이쪽으로 갔어?"

안이 막혔으면?

꼼짝없이 갇힌다.

"따로 빠지는 길이 있답니다."

하지만 기우였다.

따로 빠지는 길이 있다면 갇힐 위험 따위는 바로 사라진다. 지원은 바로 계단으로 내려갔다. 칙칙한 어둠이지만 이 정도야 감각에 의지해서 금방 내려갈 수 있었다.

다 내려가자 저 끝에서 불빛이 반짝였다. 그곳으로 바로 달려가자 프릴이 서 있었다.

"이 안에서 다른 곳으로 통하는 길이 네 군데나 있어. 일단 이쪽으로 움직이자."

"음……."

지원은 순간 석영과 아영을 떠올렸다.

합류하지 못한 두 사람. 어떻게 할까 고민하다가, 석영을 믿기로 결정했다.

'그 남자, 겨우 이런 데서 죽을 남자가 아니니까.'

지원은 그런 생각을 하며 석영에게 신호를 보내고는 통로로 몸을 밀어 넣었다. 뒤이어 창미, 대원, 그리고 프릴이 들어갔다.

끼이이익.

쿵! 쿠구구궁.

마치 금고문같이 생긴 원형의 통로가 꽉 막혔다.

팟!

라이트를 켜고는 프릴이 다시 앞장섰다.

키엑!

쿵! 쿵쿵쿵!

어느새 따라온 고블린들이 철문을 두드리는 소리가 들렸다. 하지만 문을 여는 방도는 없었다. 비밀번호를 입력해야 하는데, 그건 미군만 알고 있기 때문이었다.

'하……'

지원은 속으로 한숨을 내쉬었다.

전장을 전전하다가 전역한 그녀라 이런 장소쯤이야 익숙하다. 하지만 이런 통로, 이렇게 어둡고 음습한 통로는 기억하고 싶지 않은 순간을 떠올리게 만들었다. 그러다 보니 그녀의 기세가 서서히 변하기 시작했다.

흠칫!

끄응…….

앞서 걷던 일반인들까지 몸서리칠 정도로 차가운 기세. 산전수전 다 겪어본 프릴도 흠칫 놀라 뒤를 돌아볼 정도였다.

"에휴."

창미만이 그런 지원의 변화에 심드렁한 한숨을 내쉬며 고개를 절레절레 저었다.

"이런……."

석영은 인상을 찡그리며 지원이 사라진 곳으로 시선을 뒀다.

'저렇게 지하로 내려가 버리면 어쩌자는 거지?'

일반인이 보기에도 저건 위험하다. 만약 안이 막혀 있으면?

"오빠, 저거 위험한 거 아냐?"

아영도 그 정도는 아는지 걱정스러운 어조로 석영에게 말했다. 그러더니 잠시 뒤 도끼와 방패를 딱 착용하고 일어나려했다.

"기다려 봐. 지원 씨가 그 정도도 모를 사람이 아니잖아."

"그건… 그렇지만."

다른 사람도 아니고 한지원이다. 석영이 아는 한, 그야말로 최종 병기라 불러도 좋을 유일한 인간이다. 그런 사람이 석영도 아영도 아는 걸 모를까? 석영은 그럴 가능성은 없다고 봤다.

'통로가 있든가, 아니면 생각이 있든가. 둘 중 하나겠지.'

석영은 정답을 제대로 유추해 냈다.

근데 한지원이란 여자를 어느 정도만 알면 이 정도 문제에 정답을 알아내는 건 일도 아니었다. 잠시 기다리자 석영의 예상대로 지원에게 신호가 왔다. 안전하니 걱정 말라는 신호였다.

"무사히 피했다고 연락 왔다."

"응? 진짜?"

"그래, 우리도 빠지자."

"웅!"

석영은 지원이 피한 대피소에서 고블린들이 키키! 키엑! 키르르! 분노한 괴성을 내지르며 나오는 걸 뒤로하고 장소를 이탈했다. 놈들을 지금 잡는 건 석영이라도 좀 곤란했다.

일단 수가 너무 많았다. 못해도 이백 이상이었다. 저놈들 대가리에 죄다 구멍을 내면? 석영은 아마 또 정신력 탈진으로 쓰러질 거다. 그럼 또 아영이 혼자 고생해야 하는데, 그건 솔직히 민폐다. 석영은 정말 생명이 자체가 걸린 상황이 아니라면 언제고 체력과 정신력은 철저하게 관리하겠다고 마음먹었다.

"하지만… 저 몇 놈은 아니지."

부족장이 보였다.

일반 고블린보다 두 배는 크고, 전사보다도 머리 하나는 더 큰 거대한 놈이다. 이놈들을 아직도 잡지 못하는 유저가 수두룩하다. 하지만 석영에겐 아니었다. 제대로 작정하면 단방에 죽일 수 있었다.

두 여인을 구할 때도 부족장이 덤벼들었다. 그런데도 석영은 단방에 놈을 골로 보냈다.

두드드드!

투둥! 투둥! 투둥!

더블 샷을 연달아 세 번을 갈겼다. 슈가각거리는 바람 갈라지는 소리. 화살은 어둠에 아예 묻혔다.

키키! 키키킥! 거리는 전사의 보고를 받던 부족장이 흠칫 떠는 게 보였다. 그리고 급히 시선을 돌리지만 그땐 이미 늦었다.

퍽! 퍼버버버벅!

여섯 발의 화살이 부족장이 '미처' 반응하기도 전에 양 허벅지, 옆구리, 심장, 목, 미간을 뚫었다. 단 한 발도 빗나간 화살이 없었다. 키에에엑! 고블린들은 부족장이 비명도 지르지 못하고 쓰러지자 모두 뿔뿔이 흩어져 도망치기 시작했다. 타천사의 기운이 질린 탓이었다.

석영은 그렇게 도망치는 고블린을 보며, 눈매를 찡그리고 입매에는 미소를 그렸다.

짜릿한 감각.

기분 좋은 감각이 아니라 여섯 발이나 추적을 걸었고, 더블 샷까지 썼더니 순간적으로 뇌리를 관통하는 통증이 일어난 거다.

그럼에도 웃은 이유는 따로 있었다.

'진화했어. 아니, 이런 건 그냥 레벨 업이라고 쳐야 되나?'

부족장이 피하지 못했다.

원래 적중만 시키면 대미지야 무지막지하게 들어간다. 이 말은 적중시켜야 한다는 조건이 붙는다. 맞추지 못하면 말짱 도루묵이란 소리다. 현재 나온 보스 몹 중 가장 잘 알려진 부족장은 제법 빠른 놈이었다. 석영의 저격도 간간히 피하기도 했다.

그런데 지금은? 나레스 협곡 전투 이후 타천 활의 저격 속도는 못해도 반 배는 빨라진 것 같았다. 그리고 의지를 받들어 기척도 알아서 숨기는 것 같았다.

'좋아…….'

이거다.

이걸 확인하러 머나먼 미국까지 온 석영이었다. 저격 전 감각, 타천 활의 진화, 혹은 레벨 업. 석영은 매우 만족스러웠다. 가능하면 지금 한국으로 돌아가고 싶을 정도로……. 그러나 곧 구해준 여인들이 알려준 정보에 고개를 저었다.

"아영아."

"응?"

"미친 짓 좋아하냐?"

"미친 짓……?"

"응."

"흐음… 그게 원래 내 전공 아니었어?"

피식.

'하긴…….'

잠시 김아영이란 캐릭터를 잊었다.

"내가 또 빠꾸 없는 여자인 거 오빠 아직 몰랐나? 흐흐."

"그럼… 그 보스 같은 놈 잡으러 가자."

"보스……? 오호라, 그 수정인가 오벨리스크인가 지킨다던 놈?"

"응."

"흐응… 지원 언니 없… 어도 되겠네. 오빠 아까 저격 보니까."

아영이 장비를 챙겨 일어나는 대신 폰을 꺼냈다. 위성통신도 먹통이라 아무것도 잡히질 않자 '칫!' 하고 혀를 차고는 지도를 꺼냈다. 그러곤 주변을 둘러보았다. 다행히 저 멀리 힐튼 호텔로 대충 위치를 파악할 수 있었다.

"우리 위치가… 요기쯤? 아마 그럴 거야."

"확실해?"

"많이는 아닌데 여기 몇 번 와봤거든. 아마 맞을 거야. 그 여자들이 도시 중앙이라고 했으니까……. 여기서 북동쪽으로 좀 올라가야겠네. 거리는… 대략 3㎞ 정도."

"음……."

적지 않은 거리였다.

3㎞가 뭐 얼마나 된다고 할 수도 있지만, 새벽이라 신경 쓸 것도 많은 상황이었다. 게다가 거리를 배회하는 고블린들까지. 고블린이야 석영이 뭉쳐 있는데 한 방 빡 쏴주면 다 도망치겠지만 그럴수록 석영도 지치게 마련이다.

"쉬자. 쉬고 새벽부터 움직이자."

"그럴까?"

"웅. 먼저 쉬고 있어. 불침번은 내가 먼저 설 테니까."

"알았어, 그럼… 수고해, 오빠."

보스를 잡으러 가는 미친 짓이 그래도 마음에 걸리는지 아영은 이번엔 별 투정 없이 먼저 자리를 깔고 눕… 지 않고 어색한 웃음을 지은 채 석영의 시야에 닿지 않는 곳으로 갔다.

피식.

그 이유를 알아차린 석영은 그냥 짧게 웃고는 무시해 줬다. 생리 현상이다. 그거 가지고 뭐라 할 만큼 매너 없는 사람은 아니었다.

잠시 뒤 총총총 경쾌하게 다가온 아영이 능숙하게 자리를 깔고 누웠다. 날은 쌀쌀하지만 최첨단 장비를 지원이 준비해 줬다. 특히 발열 매트리스는 최고의 아이템이었다. 석영도 한국에 가면 꼭 사고 싶을 정도로. 모포도 얇고 부피도 작으면서 보온성이 좋았다. 아영은 아마 꿀잠을 잘 수 있을 거다.

잠시 후, 긴장감도 없는지 새근새근 잠든 아영의 숨소리가 들려왔다. 석영은 사방이 훤히 잘 보이는 곳에 자리를 잡고 앉았다. 활을 내려놓고, 잠깐 생각을 다시 정리해 보았다. 일종의 레이드다.

공략 준비는 어차피 보급품을 조달할 수 없어 있는 걸로 해결해야 하니, 다른 걸 먼저 생각해야 한다.

보스.

바닥에 그렇게 단어를 적어나갔다. 이어서 부족장을 썼다가 다시 지웠다. 부족장이 보스일 리는 없었다.

'그렇다면……'

오크?

이족 보행 몬스터란 소리도 들었다.

고블린보다 상위 몬스터. 석영이 느끼기엔 전사급 고블린과 일반 오크의 무력이 거의 엇비슷했다.

오크 전사.

다시 쓰고는 지웠다.

'흠… 겨우 전사가 보스로 나올 리는 없어.'

그렇다면 오크 부족장?

'이놈은 못 만나봤는데.'

그래서 정보가 없었다.

병정개미라면 봤지만 이족 보행이라고 했으니 패스였다. 석영은 보스의 정체를 생각하다 문득 이런 생각이 들었다.

'겨우 고블린으로도 이런데… 오크, 그 이상의 몬스터가 나오면? 크레이지 베어가 수만 마리가 소환되면……?'

부르르.

멘탈 보정의 효과가 있음에도 소름이 돋아 전신이 으슬으슬 떨려왔다. 게임으로 따지면 이제 오픈하고 초반부가 지났을 뿐이다. 마을도 겨우 두 개가 오픈됐고, 그 외에는 아직도 미지의 세계였다.

'강해져야 돼……'

아예 다른 세상에 넘어가서 살 게 아니라면 지금보다 훨씬 더 강해져야 했다. 수천의 몬스터 떼와 조우하더라도 기꺼이 잡아 죽일 수 있을 정도로. 그리고 타천 활의 보정은 아마 페널티가 사라질 가능성이 높다고 생각했다. 그래야 몬스터가 석영을 죽이기 위해 덤벼들 테니까.

지금의 석영은 솔직히 무적이었다.

어떤 몬스터가 와도 타천 활의 위용만 보이면 죄다 도망가니 말이다.

그러니 시스템, 이 개자식은 절대로 유저에게 유리하게 해주는 놈이 아니니까. 끊임없이 관찰하고, 밸런스를 맞춰갈 거다.

강함에 대한 열망, 그 지고지순한 힘에 대한 갈망이 석영에게 찾아왔다.

"후우……."

한숨과 함께 담배를 꺼내 입에 문 석영은 생각을 정리하고 본론으로 돌아왔다.

보스, 보스, 보스.

답은 역시 오크 부족장? 이 정도로밖에 생각나질 않았다. 그러다 보니 공략 방법도 생각나는 건 하나였다.

저격.

타천 활로 좀 전에 부족장을 잡을 때처럼 하는 방법밖에 없었다.

'속사, 더블 샷, 추적을 걸어 난사 형태로.'

아영은 석영이 보스를 쓰러뜨릴 때까지 지켜줘야 하는 가드 역할이다. 그녀의 경험은 오르지 않겠지만 지금은 어쩔 수 없었다. 보스에 대한 정보가 없으니, 빠르게 제거하고 오벨리스크를 박살 내는 게 최선이었다.

둘, 보스에게 접근까지 괴물들은?

석영은 이건 문제가 없어서 바로 죽죽 지웠다.

타천 활이 있었다. 피해서 못 가면 죽이고 가면 그만이다. 어차피 한 발 꽂아주면 다 도망갈 테니까.

'흠……'

셋, 보스는 과연 하나만 존재하는가? 오벨리스크 또한 하나만 존재하는가? 이 또한 당연히 정보가 없었다. 이건 그냥 들이받아 봐야 알 일이다. 지금 고민해 봤자 답이 나올 고민이 아니었다.

석영은 바닥에 글씨를 지우고 다시 하늘을 올려다봤다.

어둠이 짙었다. 라스베이거스의 공기가 아무리 좋지 않는다 한들, 어떻게 달빛조차 저렇게 희미할 수 있을까? 기괴할 정도로 어둠이 짙다는 뜻이었다. 아직 전기가 끊어지지 않아 곳곳에 켜져 있는 간판이 아니었다면 이 도시는 완전한 어둠에 잠겨 있었을 거다.

세 시간이 지난 뒤 교대하고, 어느새 아침이 왔다. 잠깐이지만 그래도 휴식을 취한 둘은 아침을 챙겨 먹었다.

"아… 더럽게 맛없어, 진짜."

아영의 투덜거림에 석영은 깊이 공감했다. 진짜 이건 이런 상황이 아니라면 절대로 먹고 싶지 않은 맛이었다.

"아니, 저렇게 좋은 물건도 나오는데… 전투식량은 진짜 왜 이 지랄이야, 오빠?"

"저 매트리스랑 모포, 아마 국산 아닐걸."

"응? 국산 아냐?"

"국방부를 뭘로 보고……."

"국방부를 뭘로 보긴, 빵으로 보지. 으흐흐."

"그런 곳에서 저런 걸 만들어서 보급했을 것 같냐?"

"아… 웁!"

입을 벌리고 잘못 밥을 삼켜 목이 막히는지 물을 꿀꺽꿀꺽 삼킨 아영이 인상을 잔뜩 찌푸린 채 가슴을 툭툭 쳤다. 이어서 '에잇! 안 먹어!' 하고 전투식량을 내팽개치는 걸로 둘의 식사는 끝났다.

이어 소화와 준비까지 한 시간을 날려주고.

"가자."

"응……."

두 사람은 움직이기 시작했다.

건물의 옥상을 나서 이동하길 한 시간. 석영은 일단의 몬스터 무리를 찾을 수 있었다.

역시 고블린 떼였다. 하지만 석영은 그냥 보냈다. 보스 레이드를 하러 가는데 굳이 저런 잔챙이들을 쳐서 힘을 뺄 필요가 전혀 없었기 때문이다. 놈들을 다 보냈을 때, 삐익! 귀로 날카로운 소음이 들려왔다.

발키리 용병단이 쓰는 마법 신호기에서 난 소리.

한지원의 연락이었다.

그녀의 연락을 받은 석영은 아차 하는 표정이 됐다가, 다시 반대로 눈을 빛냈다.

'잘됐다.'

인류의 최종 병기 그녀.

한지원이 있으면 작전은 훨씬 수월해질 거다.

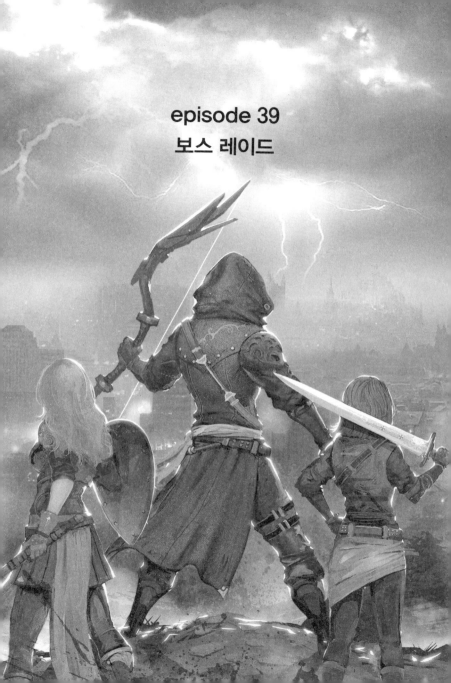

episode 39
보스 레이드

"그러니까 보스를 직접 치자는 소리지?"

"응응, 언니!"

지원의 재차 확인에 아영이 고개를 열렬히 끄덕였다. 지원은 잠깐 고민에 빠졌다. 만약 3인 파티였다면 고민할 필요도 없었다. 하지만 지금은 석영과 아영이 따로 움직이고, 그녀 본인은 따로 본대를 이끌고 있었다. 본대를 따로 맡겨놓을 수도 없는 마당이고, 석영과 아영의 존재를 오픈해서 같이 움직일수도 없는 마당이다. 어제처럼 대대적인 몬스터의 기습은 어쩔 수 없었다.

석영과 아영의 존재 오픈이 대원들의 목숨보다 소중한 건 아니니까. 나중에 걸려도 징계만 받으면 끝날 일이었다.

하지만 지금은 조금 상황이 애매했다. 그래서 드물게도 그녀가 고민을 시작했다. 고민이 좀 길어지자, 석영은 그녀에게 생각하고 있던 제안을 건넸다.

"우리가 주공, 지원 씨가 이끄는 사람들은 주변 경계. 어떻습니까?"

"흠……."

"지원 씨의 실력이나 같이 있는 사람들의 실력을 의심하는 건 아닙니다. 하지만 보스의 정체가 밝혀지지 않았습니다. 방어력? 이런 게 있다면 얼마나 단단한지도 모릅니다. 그러니 한 방 대미지가 강한 제가 저격을 하는 게 낫다고 생각합니다."

"후, 그건 그래요."

지원이, 전간대대가 이곳에 온 목적은 명확하다. 앞으로 몇 번이나 더 있을지 모를 몬스터 소환에 최대한 대비하기 위해서다. 인간이 대상이었다면 이런 짓은 하지도 않았다. 괴물이었기 때문에 반드시 필요했다.

인간과 괴물. 단어가 다르듯 상대 방식 또한 완전히 달랐다. 강화하지 않은 물건에 흠도 안 나는 놈들이니까 말이다.

일반 고블린? 그런 놈들이야 그냥 화력으로 조져도 되고, 개별적으로 조져도 된다. 진짜 몇백 마리 이상이 아니라면. 하지만 이번에도 그렇고, 특수한 상황이 계속 개입했다.

통신 불가의 설정.

빌어먹을 상황이었다.

그래서 제대로 굴리려고 했었다.

하지만 석영의 제안은 매우 매력적이었다. 판을 끝낼 방법을 찾고도 질질 끄는 건 미련한 짓이기도 해서.

"좋아요."

지원은 승낙했다.

"좋습니다. 혹시 척후에 능한 사람들이 있습니까?"

"전원요. 그중 저와 부중대장이 제일 뛰어나지요."

보통은 따로 역할을 분담하는데 이들은 전부 다 잘한단다. 참으로 무시무시한 여자들이라는 생각이 석영의 머릿속에 불쑥 떠올랐지만 당연히 입 밖으로 꺼내진 않았다.

"제가 앞장설게요. 그리고 그 주변은 대대가 경계를 할 거고, 아영이와 석영 씨가 조금 뒤에서 따라와요."

"알겠습니다."

"넵! 라져!"

어설프게 거수경례를 올리며 알겠다는 말을 작지만 단단하게 두 번이나 하는 아영이의 모습에 분위기가 약간 살아났다.

"그런데… 확신하나요?"

지원의 질문에 석영은 뭘 확신하느냐고 물은 건지 바로 파악했다. 두 가지다. 보스 몬스터와 그 몬스터가 지키고 있는 오벨리스크. 그걸 깨면 지금 이 통신 두절 상황을 확실하게 깨버릴 수 있는 건지 묻는 거다.

"지금으로서는 그쪽이 가장 가능성이 높습니다."

"좋아요. 믿어볼게요. 대에 상황을 전하고 올 테니 삼십 분 뒤 출발하는 걸로 해요."

"알겠습니다."

"혹시 모르니 식사와 최대한 휴식을 취해두세요."

"네."

"넵!"

이런 쪽엔 더 전문가가 지원이다. 그녀가 말했다면 원래 전장에서도 그랬을 거라는 마음에 석영은 군말 없이 알겠다고 대답했다. 아영이야 뭐, 열렬한 지원의 빠순이가 됐으니 굳이 고민도 안 했을 거다.

지원은 바로 떠났다. 아주 날렵한 고양이처럼 순식간에 사라지는 지원을 보며 석영은 저 몸놀림이 참 부럽다는 생각이 들었다. 저렇게 움직일 수 있다면 자신의 저격이 더 빛을 발할 거고, 그럴수록 생존 확률이 기하급수적으로 올라갈 테니 말이다.

"오빠, 밥! 밥 먹어요!"

"쉿, 목소리 크다."

"네네……."

그러자 아영은 바로 소곤거렸다.

피식.

언제나 유쾌한 아영이 옆에 있다는 건 여러모로 도움이 된다고 저도 모르게 석영은 인정해 버렸다.

*　　　*　　　*

작전은 심플했다.

침투.

저격.

이게 전부였다.

본래 군 출신 한지원이라면 이렇게는 절대로 안 한다. 작전 전에 공을 들여 시뮬레이션을 한다. 확실한 방안이 나오지 않 는다면 작전은 중지다. 하지만 이곳은 그런 공을 들일 여유가 없었다.

정보의 부재 때문이었다.

적의 규모.

적의 수준.

전장의 지형.

등등 아는 게 하나도 없었다. 확실한 건 석영이 구했던 여 인들에게 들은 거대한 몬스터의 존재와 오벨리스크가 전부였 다. 첫 번째 소환에서는 없었던 상황인 만큼 의심해야 했고, 결국 그걸 먼저 파괴하는 걸로 답을 도출해 냈기 때문에 이렇 게 심플한 작전을 수행할 수밖에 없었다.

슥.

저만치 앞서 가던 지원이 손을 들었다.

석영은 그 신호에 바로 멈춰 섰고 은폐물을 찾아 몸을 숨겼다. 물론 언제든 대처할 수 있게 시위에 손가락을 걸어놓은 채였다. 그녀의 손이 한 곳을 가리키며 툭툭 찔렀다. 석영은 반사적으로 그쪽으로 시선을 돌렸다.

'음…….'

당연히 몬스터가 있었다.

머리는 대략 사십 가까이 되어 보였다.

만약 여기가 그냥 리얼 라니아였거나 휘드리아젤 대륙이었다면 그냥 조졌을 숫자지만 지금은 아니었다.

최대한 은밀하게 침투해서 보스를 상대하고 바로 빠져야 하는 상황이었다. 사자들이 지켜보는지도 모르고 개선장군처럼 도로를 점거하고 움직이는 고블린을 보자니 석영은 이 상황이 참 기가 막혔다.

불과 며칠 전까지만 해도 사람과 차가 저 도로를 지배했을 거다. 근데 지금은 몬스터가 거리를 점거하고 있었다.

'그 결과, 이곳에서 대체 몇 명이나 죽었을까……?'

감히 수를 세지 못할 것 같았다. 라스베이거스는 거대한 도시였다. 이런 도시를 몬스터 소환이 시작된 순간부터 소거를 시작했다고 해도, 분명 피하지 못한 사람은 있었을 거였다.

'내가 구한 그 여인들처럼. 사상자를 셀 때… 그런 사람들도 셀 수 있을까?'

아마도 두 여인 다 무적자일 가능성이 높았다. 그렇다면 사상자 통계에 아예 들어가지도 않을 확률이 높았다.

중국만큼이나 미국도 무적자가 많은 나라이니 말이다.

'지랄 맞네. 이곳에서 죽은 사람들은 차라리 그때 멸망하는 게 좋았다고 생각했겠어. 그때 멸망했다면… 공포도, 고통도 없었을 테니까.'

생각해 보면 참 골 때리는 비극이고, 희극이었다.

슥.

그렇게 석영이 상념에 젖어 있던 시간이 지나고, 지원의 손이 다시 올라가 수신호를 보내왔다.

전진 수신호.

그녀는 뒤도 돌아보지 않고 바로 움직이기 시작했다. 그 움직임이 너무 빨라 사실 쫓아가기 벅찼다. 하지만 그래도 뒤처지지는 않았다. 석영도 근 1년 가까이 사냥과 전투를 통해 이미 범인의 경지는 넘어섰으니 말이다. 그리고 그건 아영이도 마찬가지였다. 호흡이 조금씩 가빠져 왔지만 둘은 지원의 뒤를 착실히 따랐다.

10분 이동, 3분 휴식. 다시 10분 이동, 3분 휴식. 이 사이클을 몇 번이나 반복하고 나서야 지원에게 다시 신호가 왔다. 이번엔 목적지에 도착했다는 신호였다.

석영은 호흡을 가다듬으며 조심스럽게 지원에게 다가갔다. 그러자 지원이 보던 광경이 석영에게도 보였다.

오벨리스크가 떨어지면서 사방이 아예 날아갔는지, 거대한 크레이터(Crater)가 가장 먼저 보였다.

그리고 그 크레이터 중앙에 오롯이 처박혀 있는 오벨리스크도 보였다. 그건 거대한 석조물이었다. 직사각형인데, 마름모 부분이 땅에 꽉 처박혀 있었다. 색은 검고, 붉고, 의미를 알 수 없는 문자들이 기하학적으로 그려져 마치 숨을 쉬듯 빛이 진해졌다, 연해졌다를 반복하고 있었다.

딱 봐도 범상치 않은 오벨리스크였다.

그래서 부숴 버리고 싶은 욕구가 무럭무럭 피어올랐다. 동시에 궁금증도 같이 일어났다.

"저 오벨리스크가 타천 활의 한 방을 견딜 수 있을까?"

바로 이런 순수한 궁금증이었다.

여태껏 제대로 꽂아 넣은 한 방을 견딘 인간이나 괴물을 본 적이 없었다. 빗맞혔으면 몰라도 급소면 무조건 단방에 끽! 하고 숨이 넘어갔다. 그래서 궁금했다. 저 오벨리스크는 척 봐도 존재감이 대단했으니까.

"그전에 오빠, 저 새끼부터 조져야 할 것 같은데?"

아영이의 말에 시선을 좀 더 앞으로 당겨보니 확실히 오벨리스크만큼은 아니더라도, 이제껏 본 적이 없는 존재감을 내뿜는 몬스터가 있었다.

"저거… 본 적 있는데?"

"응, 있지. 저 덩치, 도끼. 딱 봐도……."

오거(Ogre)였다.

트롤과 함께 재생력이 무지막지하다는 북유럽 신화의 설정을 그대로 따온 몬스터가 바로 오거다.

"이야, 근데 저거, 리얼 라니아에서도 등장 안 한 놈 아닌가?"

"언제는 시스템이 순서대로 풀어났냐?"

"아, 하긴."

아영은 금세 수긍했다.

석영은 그런 아영을 뒤로하고, 잠시 생각에 잠겼다. 오크일 줄 알았다. 그중 고블린 부족장의 개념처럼 오크 부족장 뭐, 이런 놈이 나올 줄 알았는데 리얼 라니에서도 초반 상위 몹으로 취급하는 오거가 떡하니 나왔다.

단순하게 나열하자면 이런 순이다.

고블린, 늑대 인간, 해골 전사, 오크, 크레이지 베어, 트롤, 오거 순으로 일반 몹의 계급이라 보면 된다. 물론 중간중간에 다른 몹도 있지만 그것들은 어차피 수준이 고만고만하다.

"괜찮겠어요?"

지원이 물어왔다.

석영은 금방 대답할 수는 없었다.

"오거라… 저 새끼가 타락 천사보다 상위 몬스터는 아니겠지."

"아하?"

석영이 가진 이 버그 템, 타락 천사의 활은 시스템에 의해 이제 대미지 표기조차 사라진, 그야말로 수치 계산 불가의 타격을 넣는다. 그리고 옵션상 하위 계체의 몹에게는 무조건 추가 타격이 붙었다. 지금까지 그 옵션은 아주 착실하게 작용해 줬다.

"음… 대략 사 미터? 그 정도 되어 보이네요."

"우와, 그게 보여요?"

"가늠하는 거야."

4미터. 이건 무기가 아닌 오거의 신장을 뜻하는 수치였다. 석영보다 두 배 이상 크다 보면 된다는 소리다.

'고블린 부족장이 2미터가 조금 넘었던가? 아님 비슷했던 가?'

웃기게도 처음 본 놈이 제일 컸고, 여기서 본 놈들은 좀 달랐다. 제각각이랄까? 어쨌든 그랬다.

"무지막지하네요……."

아영이 씩 웃으면서 대답했다.

그런 아영이에게 지원이 피식 웃으며 질문을 던졌다.

"그래서? 이제 와서 포기할래?"

"어머나… 언니, 무슨 그런 서운한 말씀을?"

그 말 이후 후후후, 하고 웃는데, 딱 봐도 전투 민족의 성질이 다시금 도는 것 같았다. 이어서 지원의 시선이 석영에게 넘어왔다.

"시선만 끌어주십시오. 이제는 추적 샷이 있으니까 무방비 상태에 제대로 한 방 꽂아 넣겠습니다."

"믿어요. 하지만 조금은 상대해 볼 시간을 줘요. 간은 좀 보고 싶거든요."

"그러겠습니다."

오거는 얼마나 강할까?

지원보다 강할까?

'이것도 답이 없네.'

그런 한지원이다. 석영이 고개를 저을 때쯤, '가자, 아영아'란 말과 함께 그녀가 천천히 접근하기 시작했다.

석영은 그녀와 아영이 사라지고, 놈의 주변을 살펴봤다.

배짱일까?

아니면.

실수일까?

'뭐가 어찌 됐든 그 어리석음에 죽음을.'

눈을 빛낸 석영도 좀 전에 봐두었던 저격 포인트로 이동했다.

저격 포인트 도착.

거리는 약 100m.

놈의 모습이 훨씬 크게 보였다.

그 먼 거리에서도 존재감이 확실했는데, 지금은 훨씬 더 강렬하게 느껴졌다. 하지만 그 존재감이 석영에게 공포를 줄 정도까지는 아니었다. 멘탈 보정의 효과도 있고, 오거라도 한 방이면 죽일 수 있다는 자신감이 있었기 때문이다.

석영은 다시 한 번 주변을 더 확인했다.

육안으로 보이는 몬스터는 없었다.

지원도 그걸 확인했는지 '이상 없음' 신호를 한 번 보내고, 잠시 뒤 다시 '전투 개시' 신호를 보내왔다. 진짜 편리하다, 휘드리아젤 대륙의 마법 통신 아이템은. 제조법을 알아 장사를 하면 아주 그냥 대박칠 게 분명했다.

처음은 지원이 먼저 움직였다.

아니, 아마 끝까지 지원만 움직일 거다.

아영은 혹시 모를 상황에서만 움직일 거고.

석상처럼 서 있던 오거가 지원이 다가가자 꿈틀거리기 시작하자 전신에서 깨어난 근육이 훨씬 인상적이었다. 스테로이드를 맞아가며 몸을 키운 보디빌더의 근육이 아닌, 정말 아름답다는 착각이 들 정도로 각이 날카롭게 진 근육들은 헬스장에 서식하는 남자들의 꿈꾸는 아주 이상적인 근육이 아닐까 싶었다.

석영은 포인트 주변을 다시 살펴봤다.

혹시 모르니 좀 더 근접하기로 했다.

석영이 움직이는 순간.

크와와왁……!

거칠고 거대한 배틀 크라이가 터져 나왔다.

*   *   *

지원은 놈의 얼굴이 꿈틀거리는 순간, 본능적으로 귀를 막았다. 고막이 터져 나가지 않았을까 싶은 강렬한 외침이 아니나 다를까 뒤따라왔다. 귀를 막지 않고 그대로 당했다면 아마 십중팔구는 고막이 찢어졌으리라.

짜증이 왈칵 올라왔다.

크르, 크르르…….

짐승의 울음소리였다.

하지만 눈빛은 또렷한 이성이 깃들어 있었다.

이성이 없는 괴물은 지원이 보기엔 절대 아니었다. 발록 정도는 아니어도, 분명 확실한 사고를 할 수 있는 이성이 자리 잡은 괴물인 게 분명했다.

"그렇다면 더 재미있지."

맹목적인 전투 의지를 가진 짐승을 상대하는 것만큼 재미없는 것도 없다. 일단은 임기응변이란 게 없으니까. 발록도 그런 의미에서는 순수한 즐거움을 주진 못했다. 그러나 이놈은 어째 아닐 것 같았다.

인간이 아니나, 인간처럼 싸울 것 같다는 느낌이 들었다. 무릎이 움찔거렸다. 지원은 반사적으로 상체를 뒤로 뺐다. 지원의 동체 시력은 최고다. 발록의 아예 안 보이는 공격도 눈으로 확인한 뒤 감각적으로 피할 수 있을 만큼.

그리고 공격의 허와 실의 판단 또한 끝판왕급이다.

좀 전도 그렇다.

"왜 안 와?"

무릎이 나온 건 자신의 반응을 보려 했다는 걸 지원은 알았다. 그럼으로써 자신의 예감 또한 맞았다는 결론이 나왔다.

두근두근. 심장박동이 예고된 가속도를 일으키기 시작했다.

없어졌던 삶의 의미는 찾았다. 저번 발록을 처치하고 그 수정 안에 갇힌 사내를 봤을 때 말이다. 하지만 이런 순수한 전투 욕구는 언제나 지원을 들뜨게 했다. 끊지 못하는 마약이라고 해야 할까?

PTSD. 맞다, 그게. 지원의 경우에는 가학적인 포식자다. 그러나 어려서부터 철저하게 받은 교육 덕분에 그게 나쁜 쪽으로 표출되는 경우는 없었다. 민간인 학살이거나 이런 쪽으로 말이다.

하지만 지금은 달랐다.

괴물이다.

인류에게 해가 되는 몬스터.

죽여 없애는 게 무조건 득이 되는 상황이니 지원의 이런 감정 변화는 매우 당연한 일이었다.

"스읍, 하아……."

들숨과 날숨의 반복.

아직은 전부 깨어나지 않은 세포를 자극하는 지원만의 특이한 호흡법. 이전에는 하지 않았으면서 이렇게 하는 이유는 이놈이 어쩌면 발록보다도 위험할 것 같아서였다. 발록이야 같은 속도, 같은 방식으로만 공격해 왔다. 그곳의 수준으로는 아마 피할 수 있는 자들이 없었으니 충분할 거다.

하지만 이놈은 달라 보였다.

유연한 사고방식에서 나오는 임기응변.

이건 정말 조심해야 할 사항이었다.

쾅앙……!

갑작스럽게 바닥을 내리찍었다.

쩌저적!

놈이 내리찍은 오른발을 중심으로 1미터 정도 금이 동심원처럼 퍼져갔고, 땅이 작게 출렁였다.

그에 지원의 상체도 잠깐이지만 흔들렸다.

'온다……!'

정신이 번쩍 들었다.

크와악!

놈이 괴성을 지르면서 달려들었다.

속도는 발록의 아래다.

하지만 그렇다고 무시할 수 있는 속도는 아니었다.

푹!

내려찍은 양날의 도끼가 그대로 땅바닥을 두부 가르듯 뚫고 들어갔다.

서걱!

그 순간 지원은 오히려 사정권으로 들어가 옆으로 굴렀다가 일어나는 동시에 발목 부근을 그었다.

푸슉! 푸슈슉! 피가 찔끔찔끔 피어올랐다.

제대로 강화를 한 놈이다.

제국의 황자가 줬던 검은 잃었지만, 석영이 가진 타천 활만큼도 아니지만 아마 절삭력은 어디 가서 절대 꿀리지 않을 검인데, 겨우 가죽과 피가 찔끔 나올 정도로 긋는 선에서 끝났다. 피부가 질겨도 진짜…….

"예상은 했는데 진짜… 더럽게 질기네."

쉽지 않을 전투다.

게다가 벌써 아물었다. 피를 찔끔 두 번 뿜고 나서 바로 말이다. 재생력 또한 확실하다.

그에 지원은 고개를 갸웃했다.

"근데 재생은 트롤 아니었나? 넌 힘이잖아?"

법칙이 무시되고 있는 걸까?

아니면 시스템이 또 지랄을 하는 걸까?

스읍. 지원은 칼을 역으로 쥐었다.

재밌겠다, 이놈. 아주 재밌을 것 같았다. 기다렸다, 이런 놈을.

파바박!

지원의 상체가 뒤로 활처럼 휘었다가 튕겨 나갔다. 마치 무협 소설의 궁신탄영(弓身彈影)이 떠오를 정도로 쾌속의 질주.

오거는 즉각 반응했다. 상체를 낮추면서 말이다. 휘릭! 지원은 질주 상태에서 갑자기 옆으로 몸을 날렸다. 오거의 시선이 반 박자 늦게 지원의 신형을 쫓았다. 그에 지원의 입가에 서서히 미소가 걸렸다.

반응을 보기 위함인데, 반 박자나 느리다는 건 목숨이 왔다 갔다 하는 전장에서 치명적인 변수로 작용한다.

쉭!

지원의 신형이 다시 오거를 향했다.

급속도로 가까워지는 오거의 거대한 동체.

크라!

오거가 상체를 바짝 낮추며 손에 들린 도끼로 벼락처럼 공간을 갈랐다. 탁한 은회색 궤적이 번쩍였지만 지원은 상체를 바짝 숙여 버리면서 그 공격을 가뿐히 피해냈다. 그리고 한 바퀴 구르고, 하체에 힘을 줘 신체를 튕겨냈다.

서걱!

이번엔 무릎 안쪽의 오금을 그었다.

좀 더 깊게 베이는 상처.

푸슉! 푸슈욱!

이번엔 아까보다 훨씬 많은 양의 피가 튀었다. 진녹색의 피. 아까보다 양이 많아 그런지 이번엔 진한 혈향이 맡아졌다. 달콤한 양. 놀랍게도 피 냄새가 진짜 달콤했다.

"스읍, 하아… 중독되겠는데?"

지원이 이죽거림에 오거의 눈동자에 불꽃이 훅 올라왔다. 아까도 당해서 열 받은 상태에서 또 당했으니 뚜껑이 열리는 거야 당연하다. 하지만 그 정도의 기세로는 지원에게 아무런 영향도 끼칠 수 없었다.

"더, 더 분노해 봐. 나를……."

재미있게 해달라고, 좀 더!

지원의 신형이 다시 튕겨 나갔다.

고속 질주라고 해야 될까?

넋 놓고 있으면 신형을 따라잡지도 못할 정도의 쾌속의 질주. 갈지자를 그리며 무릎에 과부하를 주었다. 하지만 그럴수록 오거는 지원의 신형을 시선으로 좇기 힘들었다. 하지만 오거 이놈도 지원이 느낀 것처럼 그냥 평범한 수준의 오거는 아니었다.

콰앙!

갑자기 터진 진각.

달리던 지원의 신형이 일순간 흔들렸다.

후웅!

오거의 도끼가 곧바로 지원을 쪼갤 것처럼 떨어졌다.

"윽……."

푹!

단단한 콘크리트 바닥을 두부 가르듯 파고들어 가는 도끼. 지원은 다행히 몸을 옆으로 굴려 피했다. 좀 꼴사납긴 했지만 몸에 먼지가 묻든 말든 그게 생명보다 중요하지는 않았다.

크롸!

오거의 신형이 성큼 움직여 발을 들어 지원이 있던 자리를 내리찍었다.

콰앙……!

이번엔 좀 전보다 더욱 강렬한 굉음이 터졌다. 밟혔다면? 아마 쥐포가 되고도 남았을 거다. 하지만 지원은 쥐포가 되지 않았다. 그 상태에서 다시 팔의 힘만으로 몸을 뒤집어 옆으로 던져 버렸다.

50㎝의 여유를 두고 피했지만 놈이 어찌나 세게 내리찍었는지, 뒤이어 일어난 풍압에 상체가 쭉 밀려 날아갔다.

퍽!

박살 난 콘크리트 덩어리에 등이 박혔다.

날개 뼈에서 올라오는 통증에 인상을 찡그렸지만 지원은 누워서 아픔이 가시길 기다릴 순 없었다. 다시 달려오는 오거가 시선에 담겼기 때문이다. 다행히 거대한 덩치라 그런지, 달리기 속도는 상당히 느렸다. 물론 그건 지원의 기준에서였다.

바로 상체를 일으킨 지원은 피하지 않고 마주 내달렸다. 날아가면서 봤는데, 벽처럼 콘크리트가 크레이터 주변으로 솟구쳐 버려서 회피하기엔 아주 별로인 지형이었다.

그러니 놈과 마주하는 게 차라리 옳은 선택이었다. 3미터가 넘는 거대한 괴물과 1미터 70이 조금 넘는 인간이 고속으로 붙었다.

후웅!

쩍!

선공은 역시 오거였다.

놀랍게도 급제동을 걸더니 눈부신 속도로 도끼를 내려찍었다. 하지만 지원은 이미 피했다. 저 괴력에 맞서고 싶은 생각은 조금도 없는 지원이다.

이번에도 내려찍은 팔의 안쪽을 그었다. 정확하게 팔꿈치 안쪽. 연약한 부위가 맞는지 정강이 가죽과는 다르게 오금처럼 피부 안쪽까지 긋고 지나가 피가 쭉 뿜어졌다. 피가 뿜어지기 무섭게 피어나는 달콤한 혈향.

크왁!

오거가 괴성을 내질렀다.

후웅!

"윽!"

뒤돌려차기?

지원이 지나가는 순간 도끼를 놓고 상체를 돌리며 통나무보다 굵은 다리로 지원을 노렸다. 그래, 이거다. 지원이 생각했던 임기응변. 정해진 패턴으로 움직이는 게 아니라 상황에 따라 유동적으로 변하는 공격 패턴.

이게 무섭고, 이게 흥미롭다는 소리다. 지원은 바로 신형을 돌리며 그대로 두 발을 쭉 미끄러뜨렸다. 그러자 상체가 확 지면으로 끌려갔고, 오거의 통나무 다리가 지원의 얼굴 바로 위를 지나갔다.

겨우 피했다.

지원도 식은땀에 송골송골 맺혔을 정도로 갑작스러운 패턴의 변화. 그러나 그걸 피한 지원도 진짜 대단했다. 인류 최강의 무기를 쥔 석영이 고개를 절레절레 젓는 이유, 바로 저 무시무시한 전투 감각이었다.

지원은 등이 바닥에 닿자마자 다리를 끌어당겨 아치 형태로 만들었고, 손바닥과 동시에 사지에 힘을 줘 신형을 뒤로 팅겨냈다.

반동에 의해 지원의 신형이 쭉 올라왔다. 그리고 뒤로 빠질 것처럼 상체를 당기더니, 오히려 앞으로 팅겨 나갔다.

파바박!

돌려차기의 회전력으로 한 바퀴 돌고 제자리로 돌아온 오거와 정면으로 마주 보게 됐을 때, 지원은 이미 코앞까지 도착해 있었다. 어느새 역으로 뽑아 쥔 쌍수검. 그녀는 그대로 구부정한 오거의 무릎을 밟고 몸을 뛰었다.

푸북!

목 양쪽으로 그녀의 검이 그대로 파고들어 갔다.

크와와……!

이번엔 아팠나 보다.

고통에 찬 몸부림이 체공을 끝내고 내려오다, 가슴을 양발로 걷어찬 지원의 다리 하나를 후려쳤다.

"아윽……! 지금……!"

천하의 한지원이 신음을 흘릴 정도로 번쩍하는 통증이 지원을 찾아왔고, 뒤이어 그녀는 있는 힘껏 신호를 보냈다.

슈가아아악!

그리고 그녀가 바닥에 채 떨어지기도 전에 바람을 가르는 소리가 들렸고, 그녀가 바닥에 딱 떨어졌을 때 손을 모아 쥐고 들어 올려 지원을 찍으려던 오거의 면상에 그대로 처박혔다.

픽……!

시꺼먼 화살 한 대가 그대로 오거의 면상을 뚫고 지나가 버렸다.

episode 40
정리하는 시간

"후우……."

석영은 폐부 가득 들어차 있던 숨을 빼냈다. 지원이 두 개의 검을 역수로 쥐고 달려들었을 때, 석영은 본능적으로 승부처임을 알았다. 그리고 지체 없이 시위를 잔뜩 당겼고, 강력한 한 방을 준비했다.

지원이 오거의 목 양쪽에다가 검을 1/3쯤 쑤셔 박았을 때, 석영의 심장도 급발진하는 스포츠카처럼 날뛰기 시작했다. 부양했던 지원의 신형이 내려오다 말고 오거의 팔에 맞아 뱅글 돌 때, 긴장감은 최고조가 되었다. 그다음 들렸다.

지금!

석영은 망설임 없이 시위를 놨다.

타락 천사의 권능을 잔뜩 머금은 화살은 오거의 얼굴로 뇌운에서 떨어지는 벼락처럼 빨려 들어갔고, 그대로 꿰뚫어 버렸다.

'죽었나……?'

얼굴이 함몰 정도가 아니라 휑하니 구멍이 났다. 지층을 뚫는 드릴의 몇 배에 달하는 어마어마한 회전력으로 말이다. 긴장이 살짝 풀림과 동시에 오거의 거대한 동체가 뒤로 슬로모션처럼 넘어갔다.

쿵!

거리가 멀었지만 차디찬 바닥에 쓰러지며 둔중한 소리가 귓가에 아련하게 들려왔다.

"후우……."

죽었다.

역시 오거도 한 방을 버티지 못했다.

얼굴은 완전 급소다.

게다가 목 양옆으로 지원에게 일격을 당했다.

"언니! 언니! 괜찮아?"

아영이 도도도 달려가는 게 보였다. 석영은 일단 사방을 다시 살폈다. 둘의 전투로 충분히 소란을 일으켰다. 근처에 있던 놈들이 몰려들어도 이상할 게 없었다. 하지만 후방에는 지원의 동료들이 있으니 좀 안심이긴 했다. 눈을 감고 의식을 집중했지만 수상한 기적은 느껴지지 않았다. 평소라면 아무것도 못 느낄 테지만, 이제는 느낀다. 나레스 협곡 전투 이후, 이룬 종(種)의 진화 덕분이었다.

"하……."

눈을 뜨며 다시 한 번 깊은 숨을 뱉어낸 석영도 빠르게 지원에게 내려갔다. 내려가면서 드는 생각은 지원의 무서움에 대한 것이었다.

보스 몬스터.

혹은.

네임드 몬스터.

석영도 저격이라면 잡을 자신이 있었다.

틀림없이.

하지만 좀 전 지원처럼 난전을 펼칠 자신은 없었다. 석영은 그녀의 몸놀림을 다시 한 번 떠올렸다.

"예술이네……."

그녀의 움직임은 가히 예술이었다. 세계 최고의 액션 무술 영화를 한 편 본 것 같았다.

영화는 합을 맞춘 다음 촬영을 한다. 그러나 이곳은 목숨이 오가는 사투다. 서로 완전히 달랐다. 지원을 믿었지만, 오거의 공격에 한 방 맞았으면 분명 지원은 온몸이 으스러지거나 몸을 반쪽으로 갈렸을 거다. 세로든, 가로든 말이다. 그런 간이 쫄깃해지는 상황에서 그런 움직임을 보였다는 건 정말

할 말을 잃게 만들었다.

저 멀리 아영의 부축을 받고 앉아 있는 지원의 모습이 보였다. 구르고 또 구르고, 옷과 얼굴이 엉망이었지만 평소의 나른한 미소가 아닌, 흥분에 의한 희미한 미소를 머금고 있었다.

"괜찮아요?"

"많이 놀랐죠?"

석영이 묻자, 지원이 웃으면서 그 말을 받아쳤다. 그것도 로봇 톤으로. 피식. 한 시대를 풍미했던 20년 전 아이돌 가수의 연기가 떠올라 석영은 저도 모르게 실소를 흘렸다.

"괜찮아요. 그냥 스치듯 맞아서."

"언니, 발목 돌아갔는데요?"

그녀의 괜찮다는 말에 아영이 냉큼 받아쳤다. 아영이의 말에 석영은 시선을 돌려봤다. 과연 발목이 틀어져 있었다.

"이 정도는 바로 잡고 빨갱이만 부어도 돼."

지원은 그렇게 대답하곤, 돌아간 발목을 잡았다. 그리고 '후… 후우……' 하는 심호흡과 함께 빠진 발목을 끼워 넣었다. 우득, 뚝! 하고 소름 끼치는 소리가 세 사람의 귀에 적나라하게 들린 후 그녀의 발목은 제자리를 찾아갔다.

"와……."

아영은 그런 지원의 독한 모습에 탄성을 흘렸다. 석영도 놀랐다. 설마 본인 스스로 접골할 줄은 몰랐기 때문이다. 하지만 그녀의 출신을 생각하면 충분히 이해가 가는 일이기도 했다.

아영이 아직은 부은 발목에 흔히 빨갱이라 불리는 붉은색 포션을 콸콸 부었다. 내외상에 특효약인 포션은 이 정도 부상쯤은 몇 분이면 바로 가라앉게 만들어줄 거다. 지원은 본인도 포션을 꺼내 입에 물고는 그대로 들이켰다.

휙.

쨍! 데구르르.

빈 포션병이 오거의 시체 쪽으로 굴러갔다.

지원은 바로 자리에서 일어났다.

"자, 전리품 좀 살펴볼까요?"

평소와 다를 것 없는 걸음으로 바로 오거에게 다가간 지원은 전투 중 풀려 흘러내리는 머리카락을 다시 묶고는 안면에 구멍이 휑하니 뚫린 오거의 시체를 내려 봤다. 그러더니 손을 쭉 뻗었다가, 뭔가를 집어 올렸다. 거무튀튀한 뭔가였다.

"언니, 뭐예요?"

"몰라, 장갑 같은데?"

"장갑요?"

석영도 가까이 가서 보니, 확실히 장갑이었다. 한 쌍의 장갑. 그 장갑을 보자마자 석영은 번뜩 떠오르는 게 있었다.

"오피지?"

"오피지요? 그게 뭐… 아하?"

OPG(Ogre Power Gauntlet).

오거 파워 건틀릿이라 불리는 장갑이 있다.

판타지 소설 마니아라면 절대 모를 수 없는 아이템이다. 특히 1세대 마니아라면 말이다. 모 작가님의 드래곤 땡땡 소설에서 나온 아이템이다. 그보다 먼저 어딘가에서 나왔을 수도 있겠지만 한국인에게는 그 소설이 가장 기억에 남을 거다. 오거의 힘을 담은 장갑. 라니아에서 이 설정을 따로 저작권을 샀고, 게임상에 구현했다. 라니아에서 근접 전투 캐릭터라면 정말 아주 열렬한 사랑을 받았던 아이템이었다.

"흠."

지원은 장갑을 잠시 아영에게 건네더니, 아직도 바닥에 박혀 있는 오거의 도끼를 쥐었다. 컸다. 아니, 두꺼웠다. 그걸 양손으로 쥔 지원이 힘을 줬다.

"흡!"

바닥에 박힌 도끼가 들썩이더니 쑥 뽑혀 나왔다. 지원은 그걸 다시 내려놓고, 아영에게 다시 장갑을 받아 낀 다음, 도끼를 한 손으로 쥐고 힘을 줬다. 어이없을 정도로 숙! 하고 도끼가 들려졌다.

붕, 붕.

도끼, 이름을 붙이자면 오거 액스쯤 될 흉기를 좌우로 가볍게 휘둘러 본 지원이 고개를 끄덕이며 말했다.

"맞나 보네요. 근데… 이건 나한테 필요 없는데. 아영아, 너 가져."

"네?"

"도끼도 나왔네. 내가 도끼질 체질은 아니잖아? 차라리 네가 쓰는 게 좋겠어."

"아… 그래도 언니가 잡은 건데."

"필요 없는 걸 들고 있어 봐야 뭐 해. 나는 저기 나온 주문서만 있으면 돼. 사체는… 석영 씨가 가져요. 리얼 라니아가 나오면 다시 처리하면 될 테니까요."

석영은 그냥 고개를 끄덕였다. 그도 어차피 도끼나 장갑은 필요가 없다고 생각했다. 어차피 맺은 파티. 쓸 수 있는 사람에게 몰아주는 게 훨씬 이득이었다. 앞으로 아영이의 존재는 석영에게 필수 불가결의 존재였고, 그녀의 성장은 그의 생존 확률이 올라가는 것과 똑같으니 환영할 일이었다.

아영은 부족장의 도끼를 집어넣고, OPG를 꼈다. 그러곤 오거 도끼를 쥐었다. 부족장의 도끼와는 다르게 그냥 양날의 평범한 도끼처럼 생겼다. 우악스럽게 큰 것만 빼면 말이다.

"으차."

아영이 도끼를 들어 올렸더니 신기한 일이 생겼다. 도끼가 칙칙한 빛을 머금기 시작했고, 빛이 가라앉았을 땐 도끼의 크기가 줄어 있었다.

"잉?"

"어머나."

"허……."

그 어이없는 상황에 세 사람의 입에서 당연히 황당한 탄성이 제각각 흘러나왔다.

"현실에서는 게임의 법칙이 적용되고 있다는 건가……?"

"그건 휘드리… 아, 거긴 좀 다르죠. 인벤토리 빼고는 거의 제대로 적용되는 게 아무것도 없으니까요."

"그렇지. 라니아에도 있잖아. 오거 잡으면 나오는 무기. 게임 상 봐도 캐릭터가 들기엔 큰데, 그거 얻어서 차면 캐릭터의 크기에 맞게 조정되었어."

"분명… 그랬죠. 하, 신기하지만 어이없네요."

아영의 투덜거림.

하지만 곧 헬렐레해 버렸다.

무기에 방어구까지.

도박의 도시 라스베이거스에 와서 거하게 한판 딴 아영이다. 새로운 아이템. 이건 모든 유저가 좋아한다. 라니아가 사랑받은 이유도 그 부분이 크게 한몫했었다. 지원이 주문서를 챙기자 석영은 오거의 사체를 인벤토리에 쑤셔 박았다.

"자, 이제… 저걸 해결해 볼까요?"

지원의 말에 세 사람의 시선이 일시에 돌아갔다.

아직도 칙칙한 붉은빛을 발하는 오벨리스크. 이제 문제는 이놈이다. 이걸 파괴해야 할 일이 남았다.

통신 장애를 일으키고 있을 것으로 추정되는 오벨리스크의 크기는 그리 크진 않았다. 대형으로 분류되기엔 작고, 크리스마스가 다가오는 거리를 걷다 보면 나오는 트리의 두 배 정도? 중형 정도 되는 크기다.

하지만 생기발랄함을 주는 트리와는 다르게 어둡고 칙칙한 기운만 잔뜩 풍기고 있었다.

"그나저나 이걸 어떻게 부순담?"

"글쎄?"

아영이 크레이터의 시작 부분에 쪼그리고 앉아서는 턱을 괴고 툭 던진 말에 지원이 조금은 퉁명스럽게 대답했다. 그러다 두 사람 다 시선을 돌려 석영을 바라봤다. 말 안 해도 시선에 담긴 의미가 전해졌다.

일단 한 방 갈겨보란 얘기.

그 시선에 석영은 말없이 시위를 당겼다.

강력한 한 방의 의지를 담고, 그대로 시위를 놨다.

퉁!

슈아아악!

쩡!

"응? 쩡?"

"소리가 이상한데요?"

"저도 들었습니다."

돌로 만든 구조물인데, 타격 소리가 이상했다. 보통 퍽! 이런 소리가 나야 하는데 마치 공기가 터지는 것 같은 소리가 들렸다.

"방어막?"

"아무래도 그런 것 같죠?"

"흠……."

지금 떠오르는 건 그것밖에 없었다. 방어막. 배리어의 존재 말이다. 그게 타천 활의 한 방을 막았다. 석영은 잠시 생각하다가, 다시금 시위를 당겼다. 오기가 생겼다. 어디 얼마나 버티나 확인해 보고 싶었다.

타천 활은 최강의 무기다. 그걸 부정당하는 건, 석영 본인의 자존심이 뭉개지는 것과 똑같았다.

우드드득!

좀 전보다 더 시위를 당겨서 놨다. 그리고 석영의 난사가 시작됐다.

퉁! 퉁! 퉁! 퉁! 퉁!

한 발씩 끊어서 같은 곳을 계속 타격했다.

쩡! 쩡! 쩡……!

쩍!

쩌적!

총 다섯 발의 저격에 소리가 변했다.

"소리가 변했어요! 저거 깨지는 거 아니에요?"

"그런 것 같은데? 석영 씨, 좀 더 해봐요."

"그럴 생각입니다."

처음에 쏜 것까지 합쳐 무려 여섯 발을 견뎠다. 하지만 소리가 변한 걸 보니, 저 배리어의 방어력은 무한이 아니었다.

비슷한 대미지가 계속해서 들어가면 아무래도 배리어의 총량이 깎이는 것 같았다.

그렇다면 깨질 때까지 쏘면 된다.

석영은 다시 시위를 당겼다.

그리고 배리어고 나발이고 아예 깨져 나갈 때까지 쉬지 않고 쐈다. 열 발이 넘었을 때 쩌저저적! 하고 금이 가는 소리가 들렸고, 두어 방을 더 쐈을 땐 쨍……! 퍽! 하고 타격 소리가 변했다.

"됐다!"

"음? 색이 조금 옅어졌네요? 맞으니까 아픈가 봐요."

"아프다고요? 살아 있나?"

석영은 두 사람의 소리를 듣고, 그럴 수도 있다고 생각했다. 붉은빛은 정말 생물체의 호흡처럼 느껴졌다.

시위는 다시 당겨졌다. 호흡이라면 역시 멈추게 하면 그만이었다. 석영은 오벨리스크의 정중앙에 열 발을 더 꽂아 넣었다. 그럴수록 빛은 점점 옅어졌다. 마치 점점 숨을 쉬지 않는 것처럼.

"이제, 좀, 죽어라."

투웅……!

그렇게 석영이 짜증을 담아 죽으라고 하며 시위를 놨을 때, 드디어 화살이 오벨리스크를 관통했다. 마침내 뚫어낸 것이다.

"오!"

아영이 손을 번쩍 들었다.

그러곤 눈을 빛내며 오벨리스크를 주목했다.

구우우우우…….

오벨리스크에서 갑자기 괴상한 기음이 터지더니 숨을 멈췄다. 이어서 가루가 되어 흩날렸다. 거대한 크레이터를 만들고 그 존재감을 내뿜던 오벨리스크가 석영의 난사에 흔적도 없이 사라졌다.

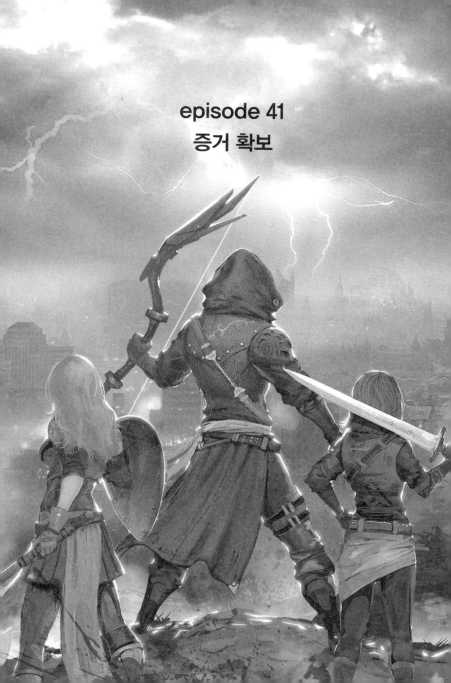

episode 41
증거 확보

"헉헉!"

왕도, 어둠에 잠긴 골목을 날다람쥐처럼 내달리는 시꺼먼 그림자가 있었다.

"흐으, 흐윽."

가쁜 호흡에서 나오는 신음은 분명 미성이었다. 여성만이 낼 수 있는 음역대의 미성. 작은 체구의 여인은 송이었다.

그녀는 지금 쫓기고 있었다.

쫓는 자들은 반드레이 공작가의 정예들이었다.

'왕성! 왕성으로 가야 돼!'

그러나 그게 쉽지가 않았다.

뒤쫓는 적의 실력이 예사롭지 않았기 때문이다. 그래도 송은 포기하지 않고 적을 따돌리기 위해 최선을 다하고 있었다.

발키리 용병단의 노엘이 내려준 명령이 있었다.

그날 기습의 배후를 캐고, 확실한 증거를 잡으라는.

복수 때문이었다. 솔직히 마리아 왕녀의 존재가 있으니 정체불명의 흉수가 어디인지는 감이 잡힌다. 하지만 확실한 증거가 필요했다. 그 증거가 있어야 마리아 왕녀에게 도움도 되고 나중에 석영에게 전달해 줘, 그의 복수에 도움을 줄 수 있기 때문이다.

물증만으로 사람을 죽이는 건 솔직히 있을 수 없는 일이었다. 그 대상이 반드레이 공작이라면? 파장은 정말 기하급수적으로 커질 거다. 그렇기 때문에 확실한 증거가 필요하니 노엘이 반드레이 공작가와 그날 도망친 자와의 연결고리를 찾으란 명령을 내렸다. 더불어 확실한 물증까지.

차샤도 그렇지만 노엘도 원한을 잊는 사람이 아니었다. 아니, 오히려 더욱 확실하게 되갚아주는 부류였다.

대륙의 남서부 소국인 체르니 왕국에 이런 속담이 있었다.

여자가 한(恨)을 품으면 오뉴월에 서리가 내린다.

차샤와 노엘, 그리고 대부분의 발키리 단원이 딱 그 속담을 가슴에 새기고 있었다. 송도 마찬가지였다. 그날, 나레스 협곡의 기억은 절대 잊지 않았다. 만약 석영과 그의 동료들이 없었다면?

무조건 몰살이었다.

특히 용병 천을 상대할 때, 거대한 철 상자가 하늘에서 떨어져 기백을 압살시켜 용병들을 패닉으로 몰고 가지 못했다면 분명 사상자가 엄청 나왔을 게 분명했다. 복수, 그걸 위해 발키리 용병단이 움직일 명분은 차고 넘쳤다.

슈아악!

바람을 가르는 날카로운 소리.

송은 소리가 들리자마자 몸을 굴렸다.

푹!

흙바닥을 파고들어 가는 날카로운 볼트. 석궁에서 쏘아진 볼트였다. 송은 이들이 반드레이 공작가의 숨은 힘이란 걸 알아차렸다. 공식적으로는 300인으로 이루어진 사설 기사단 2개가 전부라고 알려져 있었다.

하지만 송이 느끼기에 저들은 절대 기사가 아니었다.

'오히려… 암살자!'

벌떡 일어나 달리는 송의 눈빛에는 결의가 담겨 있었다. 이 사실을 반드시 가서 알려야 했다. 공격 마법은 역사의 뒤안길로 사라졌다. 지금 휘드리아젤 대륙에 남은 건 생활 편의 마법이 전부였다. 물론 그 생활 마법을 이용해 무기를 만들어내고는 있지만 어쨌든 그 옛날 파이어 볼, 이런 마법은 이미 사라진 지 오래였다.

그런 마법 물품 중 일상을 아주 짧게 담아내는 게 있었다. 환상 마법이 아니라 정말 지구의 사진처럼 일순간 전경을 담는 영상석이라는 게 있는데 송은 그걸로 찍었다. 나레스 협곡에서 도망치던 흉수의 전면 사진을. 그리고 그 흉수가 용케도 왕도에 도착해 어떤 단체에 들어가는 장면과 몸을 추스른 그자가 반드레이 공작가를 방문하는 모습도 그 영상석에 담았다.

이게 증거였다. 이걸 가지고 왕성으로 가 마리아 왕녀와 돌아온 석영에게 건네기만 한다면 복수를 거하게 시작할 수 있었다. 하지만 너무 안일했다. 은밀히 주변을 지키고 있던 저 암살자들을 미처 눈치채지 못했다.

그래서 쫓기고 있었다.

슈악! 슈아아악!

서로 다른 방향에서 바람이 갈리는 소리가 송의 귓가로 슝, 하고 들어왔다. 피해? 송은 북방 민족의 피를 이었다. 그래서 청각과 시각이 굉장히 예민하고 뛰어났다. 소리만으로도 송은 어디에서 날아오고, 자신의 어디를 노리는지 순간적인 계산을 끝낼 정도의 재능도 있었다.

어깨를 트는 순간 뒤에서 날아오던 볼트가 지나갔고, 볼트가 땅에 푹! 소리를 내며 박힐 때 역방향으로 회전했다.

텅!

옆구리를 살짝 비켜 지나간 볼트가 나무판에 박히는 소리가 들렸다. 송은 힐끔 옆을 돌려다 봤다. 익숙한 표식이 보였다. 발키리만 사용하는 표식. 석영에게도 알려주지 않은 그녀들만의 메시지 수단이다.

송은 바로 메시지를 따랐다. 최단 거리로 달리던 그녀. 그러나 이번엔 다음 골목 사거리에서 우측으로 확 틀어버렸다.

파바바박!

삑!

송의 귀로 적이 대지를 박차는 소리와 신호가 동시에 들렸다. 아마 송이 갑자기 방향을 틀어서 조금 당황한 게 분명했다.

'언니다……!'

은발을 휘날리며 저 멀리 서서 존재감을 내뿜고 있는 여인, 아리스였다. 그녀는 달려오는 송에게 손을 흔들고 있었다. 노엘은 송을 보내고, 사방에 준비를 했다. 설마 그 어렵고 위험한 임무를 송 혼자에게만 부담을 지을 노엘이 아니었다.

반드레이 공작가와 정체불명 사내의 안가가 있다는 곳을 중점으로 단원들을 배치했다. 마침 송이 달려온 골목에는 아리스가 대기하고 있었다. 초인의 반열에 오르진 못했지만 특급 도객이라 불려도 조금의 부족함도 없는 아리스다. 그리고 송은 처음 쫓기기 시작할 때 발키리만 쓰는 신호를 이미 보냈다. 아마 도처에 퍼져 있을 발키리 단원들은 전부 이쪽으로 이동하고 있을 게 분명했다.

"찾았니?"

"혹, 혹……"

송은 호흡 때문에 아리스의 질문에 고개만 끄덕였다. 물론 달리는 것도 멈추지 않았다. 아리스가 있다고 같이 싸울 상황은 아니었다. 마법 물품을 얼른 왕도로 가져가는 게 제일 중요했기 때문이다.

그리고 아리스다.

추적자들?

송도 제대로 잡지 못한 저 암살자들이 아리스를 상하게 할 가능성은 거의 없었다. 아리스의 무력은 아주 확실하니까.

"얼른 가. 여긴 내게 맡기고!"

"혹! 후우……!"

송은 스쳐 지나가며 그 말에 눈빛으로 이렇게 전달했다.

고마워요, 언니! 조심해요, 언니!

송이 지나가자, 아리스가 골목 어귀로 들어선 암살자들에게 상큼한 인사를 건넸다.

"안녕? 우리 송이 괴롭히니 즐거웠어?"

"……"

둘.

송을 쫓는 암살자는 더 있지만 이쪽 골목으로는 딱 둘이 들어왔다.

"우리 귀여운 송이 괴롭힐 때가 어디 있다고 그랬어?"

멈춰 선 암살자들은 말이 없었다.

그러나 아리스는 개의치 않았다.

뭐, 어차피 대답을 바란 건 아니니까.

스르릉……

그녀의 도 집에서 예리하게 벼려진 도가 명료한 울음을 토해내며 뽑혀 나왔다.

"근데 내 앞에 각오는 하고 선 거지……?"

"……."

"부디 그러길 바랄게."

툭.

시니컬한 한마디를 남기며 도 집을 던진 아리스가 천천히 암살자들을 향해 걸음을 옮겼다.

*   *   *

아리스는 초인의 제자다. 사정이 생겨 마지막 수련을 거치지 못해 그의 진전을 전부 이어받진 못했지만, 그 정도만으로도 아리스는 프란에서도 알아주는 용병이 되었다.

그녀의 재능이라면 아마 끝까지 수련을 받았다면 분명 초인에 오르고도 남았을 거다. 그런 아리스가 내뿜는 기세는 감히 암살자 따위가 견딜 만한 수준이 아니다.

"위치도 드러났고… 이건 뭐, 기본도 안 된 것들이네."

아리스의 걸음은 조금 독특하다. 어깨를 흔드는 것 같진 않은데, 족적을 엇갈리게 찍는 것 같지도 않은데 상체가 버들나무처럼 미세한 흔들림을 보였다. 이게 굉장히 기묘해서 암살자들을 움찔거리게 만들었다.

그녀는 특이하게도 양수도객이다. 오른쪽, 왼쪽 가리지 않고 쓰고 가끔 양손에 다 쥐고 싸울 때도 있었다.

지금도 그렇다. 어느새 손에 들린 작은 도 한 자루가 그녀의 상체 흔들림에 맞춰 유려하면서도 치명적인 곡선을 그리고 있었다.

"도망칠 시간은 지금밖에 없어."

저벅저벅 보폭에 맞춰 하모니를 이루며 나온 그 말에 암살자들이 움찔했지만 움직이진 않았다. 그에 아리스는 다시 웃었다.

"아, 늦었네. 우리 단장 오셨다."

흠칫!

쉬이이익!

아리스의 말을 끝으로 바람 갈라지는 소리가 들리더니 암살자들 뒤에 시꺼먼 인형이 툭 하니 내려앉았다.

놀란 암살자들은 바로 따로 흩어져 벽으로 붙었다.

"안녕? 이 개새끼들아."

차샤였다.

등장과 동시에 싱그럽게 욕을 날려준 차샤가 어깨에 도를 척 하니 올려놓고, 다른 도로 깔짝거렸다.

"뭔 얘기를 그리 사이좋게 하시나? 나도 좀 껴줘, 응?"

"아니요. 도망칠 거면 지금이라고? 그 정도 해줬어요."

"애 낳더니 상냥해졌네?"

"생명의 존엄을 느껴보면 알아요, 우후후."

"존엄 같은 소리 하네. 난 내 꺼만 존엄해."

차샤는 그렇게 말하더니, 오른쪽 벽에 붙어 자신을 바라보고 있는 암살자에게 시선을 돌렸다.

"너는 생명의 존엄함을 믿니?"

원래 암살자는 말이 없는 법.

그걸 아는 차샤지만 말은 계속 이어갔다.

"하긴 존엄이 있는 놈들이 복면 쓰고 우리 아가 죽이겠다고 달려들진 않았겠지. 그리고 내 앞에 이렇게 서서 도망칠 생각도 안 하고 있고. 그냥 죽고 싶다고 봐도 되는 거지? 응?"

"……."

"혀가 없니? 대답은 좀… 해!"

파박!

신호탄이 터졌다.

슈가악!

상체를 낮췄다가, 쭉 세운 차샤가 검으로 오른쪽 놈의 허벅지를 그었다.

깡! 용케도 차샤의 도를 꼬챙이처럼 생긴 검으로 막았다.

하지만 막기만 했을 뿐, A급 용병 차샤의 힘을 당해낼 순 없었다.

게다가 암살자는 빠르기 위해 근력보단 민첩을 더 집중적으로 훈련한다. 그래서 성인 사내나 차샤의 힘에 속절없이 밀렸다. 벽에 등이 처박혀 다시 반동으로 튕겨 나오는 놈의 얼굴에 상큼한 발이 기다리고 있었다.

빠각!

회축.

깔끔하게 들어간 차샤의 공격에 암살자의 턱이 사정없이 돌아갔다.

서걱!

그때 들려오는 깔끔한 절삭음.

아리스의 도격이 암살자의 공격을 피해, 손목을 그대로 잘라냈다.

푸슈욱! 푸슉!

잘린 손목에서 피가 뿜어지는데 암살자는 조금의 신음도 흘리지 않았다. 오히려 다른 손에 예비로 지니고 있던 단검을 쥐어갈 뿐이었다.

"어머, 독한 애들이네. 이런 애들은 보통⋯⋯."

"감정을 제거하지. 하지만 그걸 일깨우는 방법도 있으니까 생포합시다, 아리스 아줌마."

"네네, 명령 받듭니다, 노처녀 차샤 단장님."

"큽!"

차샤는 미간에 주름을 잔뜩 접은 채, 턱을 부여잡고 일어나려는 암살자를 그대로 다시 걷어찼다. 본전도 못 건진 놀림 때문에 다친 감정을 듬뿍 담아서.

빡!

공놀이하듯 걷어차자 찍소리도 못 하고 기절해 버렸다.

"어머, 혼자 남았네?"

복면 때문에 나이는 모르지만 차샤는 거침이 없었다. 그녀가 말투만큼이나 거침없는 걸음으로 다가오자, 둘을 번갈아보던 암살자의 눈빛에 모종의 결심이 서렸다. 그걸 둘도 봤다.

"어? 이 쌰!"

"엄머……?"

툭.

"크르르……! 크엑!"

이 사이에 끼우고 있던 독단을 깨물었다. 비릿한 향이 나기 시작하더니 암살자는 목을 부여잡고 간질 환자처럼 떨기 시작했다.

"물러나!"

차샤는 그렇게 외치고 본인도 바로 물러났다.

치명적인 놈인지 암살자는 벌써 움직임을 멈춰가고 있었다.

"아……."

"독한 애들이네요, 애들, 생각보다?"

차샤는 대답 대신 기절시켜 놓은 놈의 복면을 벗겼다. 독단을 제거하기 위함이었다. 그런데 턱을 부여잡기 전에 차샤는 다시 한 번 멈칫했다.

"이거……."

"언니."

애였다.

체구가 좀 왜소하다 싶었는데, 이제 갓 십 대 중후반으로 보일 법한 외모를 가진 소년이었다.

"이 시발……."

그래도 할 일은 해야 해서 이 사이에 독단을 조심스럽게 제거한 차샤는 암살자를 꽁꽁 묶었다. 아이를 암살자로 쓴다? 이 나이에 이 정도 수준으로? 이게 가능하려면 한 가지 전제 조건이 붙는다.

매우 어릴 적부터 교육시켜야 한다는 조건이.

그리고 이 조건을 충족시키려면……. 단순 상상으로 인해 나쁘지 않던 두 사람의 감정은 순식간에 나락으로 뚝 떨어졌다.

그 시간, 천공 수정이 토해낸 초대형 폭탄은 어느 정도 정리가 되어가고 있었다. 연일 모든 국가의 모든 매체가 샌프란시스코, 로스앤젤레스, 라스베이거스와 그 근방의 상황을 중계로 알렸다.

　첫 번째로 라스베이거스가 정리가 됐다. 갑자기 통신이 가능하게 됐고, 밖으로 이를 악물고 대기 중이던 수만의 육군이 투입됐다. 작정했는지 그동안 모아놨던 강화 무기를 아낌없이 퍼부었다.

　폭격도 가했다.

　그렇게 통신이 연결된 지 4일 만에 라스베이거스는 정리가 끝났다. 하지만 몬스터의 정리만 끝났을 뿐, 도시의 정리는 시작도 할 수 없었다. 대체 어디서부터 어떻게 손을 대야 할지도 막막했을 뿐더러, 다른 두 대도시가 아직도 사투를 벌이고 있었기 때문이다. 하지만 첫 도시에서 통신이 연결되자, 일주일 뒤에 LA가 연결됐고, 다시 일주일이 지났을 때 샌프란시스코도 통신이 연결됐다.

이후에는 미군을 포함한 유엔군의 대대적인 진격이 있었다. 무시무시한 화력이었다. 분노한 인류는 두 개 도시에 물경 십만의 보병을 투입했다. 압도적인 화력으로 압살시키는 방법을 택했고, 그 방법은 아주 적절했다. 가랑비에 옷 젖는다고, 2에서 3까지 올린 강화탄도 비처럼 퍼부으니 고블린도 아예 찢겨 나갔다. 전사도 마찬가지였다. 부족장은 이미 누군가가 싹 정리를 해둔 상태라 십만의 보병은 고블린만 신나게 갈겼다.

그렇게 한 달이 넘어서야 미국은 세 개의 대도시를 포함, 그 주변 일대의 몬스터를 모두 소탕할 수 있었다.

대신 그 한 달간 쌓인 피해는 어마어마했다. 복구 비용은 천문학적이라는 단어로도 부족할 정도였다. 감히 가늠조차 안 되는 수준? 그 정도였다. 거기에 더해 일반 민간인의 피해도 만만치 않았다.

증권가는 물론 보험사들이 요동쳤다.

미국의 증시가 마구 뒤흔들렸다.

미국이 흔들리자 동시에 전 세계 증시가 흔들렸다.

백악관은 연일 사태를 진정시키려 노력했지만 마땅한 방법이 나오질 않았다. 유저가 아닌 일반 군으로는 몬스터 소환을 정리하는 데 한계가 있다는 걸 뼈저리게 통감했다. 이대로는 안 된다는 여론의 의견을 받아 의원들의 목소리는 점점 커졌고, 그럴수록 정권 자체의 흔들림이 커지기 시작했다.

근데 이런 걸 다 제쳐두고 가장 큰 문제가 있었다.

왜 통신이 다시 연결됐을까?

사전에 투입됐던 특수부대 중에 생존해 있던 팀도 있었지만 그들은 말 그대로 생존만 했지, 사태를 해결한 게 아니었다. 그리고 그들의 증언. 누군가가 개입했다. 하지만 그 누군가가 누구인지는 그 어떤 요원도 말하지 않았다. 윽박지르고, 협박하고, 국가에 대한 충성을 들먹여도 요지부동이었다.

여기서 미국은 자존심에 금이 쩍! 가버렸다.

일자로 갈라지고 사방으로 잔 균열이 난 자존심은 정말 회복 불가라는 말이 어울릴 정도였다. 이후 미국은 숨을 죽였다. 날을 바짝 세운 채.

그렇게 미국의 자존심을 발라 버린 석영은 한국의 집에서 지친 심신을 달래고 있었다.

*　　　　*　　　　*

"후……."

샌프란시스코의 오벨리스크까지 박살 낸 석영은 아영과 함께 지원이 불러준 운반 업체를 통해 한국에 도착했다. 그리고 바로 충주 집에 틀어박혔다. 힘들었다. 지치고, 피곤한 여정이었다. 전투보다는 너무 잦은, 그리고 긴 거리의 이동 때문이었다. 이게 진짜 사람을 엄청 피곤하게 만들었다.

몬스터와 싸울 때의 피로보다 헬기를 타고, 지프를 타고 이동하면서 받은 피로가 훨씬 많을 정도였다.

그래서 석영은 집에 도착하자마자 정말 걸신들린 것처럼 배에 음식을 채워 넣고, 장장 20시간을 죽은 듯 잠만 잤다.

그렇게 자고 일어났는데도 피로는 여전히 풀리지 않았다.

"와… 진짜 피곤하긴 했구나."

나레스 협곡에서 그 정체불명의 적을 상대했을 때는 정말 자기 자신을 한계까지 몰아붙였다. 그렇게 안 했으면 죽을 위험에 처했기 때문이다. 하지만 미국에서는 그것도 아니었다. 그러나 나레스 협곡의 후유증이 아직 풀리지 않은 상태에서 강행군을 치렀더니 신체 리듬이 정말 엉망이 되어버렸다.

두득, 두득.

뻐근하다 못해 시린 목을 겨우 좀 풀고, 테라스로 나오니 기온이 꽤나 떨어졌다. 이제 가을도 가고, 겨울의 초입에 도착한 것 같았다. 그런데 그 싸늘함이 뭉쳐 있던 정신을 갈가리 풀어 헤치는 시원함으로 찾아왔다.

딸각.

치이익.

거기에 담배 한 대. 맥주 CF처럼 캬아, 하고 싶은 시원함이 찾아왔다. 이건 중독이 아닐까 싶을 정도다.

'아니, 담배도 중독이 맞지.'

금연, 그건 세상에서 가장 성공하기 힘든 단어 중 하나니까. 석영은 담배를 피우면서 서리가 낀 시골 풍경을 잠시간 즐겼다. 세상은 죽도록 시끄러워도 이곳은 조용하기만 하다. 세상과 동떨어진 무슨 알프스 산맥 깊숙한 곳이 아닐까 싶을 정도로 고요하다. 석영은 이젠 아웃사이더가 아니지만, 예전부터 이런 고요함이 좋았다. 그래서 이곳에 틀어박혔다.

'이런 게 정화된다는 느낌인가⋯⋯?'

심신에 가득 찬 살의가 빠져나가는 느낌? 지금 석영은 딱 그런 느낌을 받고 있었다. 생각해 보니 석영은 이 몇 달간 엄청난 살상을 저질렀다. 인간도 백 이상을 죽였고, 비록 인류에 해가 되는 괴물이라고는 하나 엄연한 생명을 가진 몬스터를 수백이나 죽였다. 생명을 빼앗는 행위는 멘탈 보정의 효과를 받는다고는 하나, 석영이 지금까지 느껴본 바⋯⋯.

'정신적 대미지는 누적되고 있어. 이건 쌓이면 안 되겠는데. 최대한 해소를 해야 돼. 안 되면 정신과 치료라도 받아야겠어.'

이번 미국 사태만 봐도 알 수 있겠지만, 시스템은 난이도를 점차 올리고 있었다. 석영 단 하나를 두고 본다고 쳐도 주변 상황이 점점 난이도가 올라가듯 어려워지고 있었다. 실제로 목숨의 위협도 받았을 정도다.

'아니, 그때 아영이가 마침 안 왔다면… 생사를 장담하기 힘든 상황이었어.'

그만큼 절박하게 돌아갔다. 그 자체가 난이도의 증가. 여태껏 B급이었다면 이제는 위험도가 A급은 되는 것 같았다.

석영은 첫 번째도 생존, 두 번째 목적도 생존이었다. 리얼 라니아? 휘드리아젤 대륙? 현재의 지구? 셋 다 위험한 곳이었다. 이제는 강해지는 게 생존의 가장 확실한 방법이 됐다는 건 누구도 안다.

그래서 강해지고자 하는 마음이 그때 이후 엄청나게 늘었고, 미국에서 성장한 자신의 힘도 확실하게 파악했다.

다음에 다시 나레스 협곡에서처럼 전투가 벌어진다면 이번엔 기절하지 않고 모조리 전멸시킬 자신이 있었다. 정신력의 총량? 어쨌든 그게 확실히 늘어난 것 같았다. 그걸 이번 미국에서 직접 시험하면서 확인할 수 있었다.

지이익.

꺼진 담배를 재떨이에 비벼 끄고 안으로 들어가는 순간, 아주 타이밍 좋게 띵동! 초인종이 울렸다.

안 봐도 누군지 알겠다.

지금 이 산골 마을에 석영 말고 있을 사람은 근처에 둥지를 튼 멘탈 브레이커밖에 없었다.

쿵쿵!

"오빠! 문 열어! 담배 피우는 거 내가 다 봤음!"

그걸 또 어떻게 봤대…….

순순히 문을 여니 이 추운 날에 핫팬츠에 짧은 패딩 하나만 걸치고 있는 아영이가 후다닥 안으로 들어왔다.

"으, 따뜻 따뜻."

"안 춥냐?"

"춥지만! 옷 입기 귀찮았음요!"

"아… 그러냐."

이번엔 또 컨셉을 바꿨나?

말투가 또 미묘하게 변한 것 같았다. 아니, 변했다. 하지만 이게 아영이다. 어디로 튈지 모르는 천방지축이면서, 그 행동들이 사람 참 피곤하게 하는 성격 말이다.

거실의 전기난로에서 다리를 배배 꼬며 닭살이 돋은 맨살을 비비고 있는 그녀의 모습은 팬이 봤다면 쌍코피 쏟고 뒤로 자빠졌을 광경이지만, 아쉽게도 석영에겐 아니었다.

아, 물론 아예 아무렇지 않은 건 아니었다.

그래서 주방으로 휙 들어간 석영은 바로 아침을 준비했다.

"오빵, 내가 도와줄 거 있나염?"

"없어. 그냥 거실에 앉아 있어."

쫄래쫄래 쫓아온 아영이 석영의 귀에다가 테러를 가하기 시작했다. 원래 석영은 이런 관심을 별로 좋아하지 않는다. 하지만 나레스 협곡에서의 고마움이 지금 이 귀찮음을 감내하게 만드는 원동력이 되고 있었다.

그리고 나중을 위해서라는 자기 합리화도 같이 타고 있었다. 아 물론, 그건 탱커로서의 김아영의 존재였다.

칫, 하고 혀를 차고 간 아영이 거실에서 TV를 보기 시작하고, 석영은 가볍게 아침을 차리기 시작했다. 커다란 식당 냉장고 세 개에 지원과 아영이 공수해서 넣어준 식재료가 가득했다. 아침은 빵, 샐러드, 그리고 베이컨과 계란 프라이, 대미를 장식하는 고단백 우유가 전부지만 기본에 충실한 식단이었다.

"와우! 나 이런 거 짱짱 좋아!"

테이블에 놓자마자 좋아서 아주 방방 뜨는 아영의 모습은 정말, 키우는 애완견 같아 귀여운 맛이 또 있긴 했다.

"맛있게 먹어라."

"넵넵!"

대답과 행동을 보니 콘셉트가 변한 건 역시 확실했다.

그래도 밥 먹었을 땐 조용해서 좋았다.

10분에 걸쳐 식사가 조용히 이뤄졌다. 배를 두드리며 의자에 길게 몸을 눕히는 아영은 갑자기 멍한 목소리로 입을 열었다.

"좋다. 그런데 불안하다……."

뜬금없이 나온 말이라 석영은 뭐라 대답할 수 없었다.

"이게 현실이지? 미국도 현실이고. 그럼 리얼 라니아는 현실일까? 휘드리아젤 대륙은? 어느 게 현실이고, 어떤 게 가상이고, 나는 어디에 살고 있는 거고, 어디에 집중해야 하는 걸까?"

"……."

석영은 해본 적 없는 고민이었다.

아니, 해본 적이 있었어도, 이렇게 남에게 진지하게 토해낼 정도로 깊게 고민하진 않았을 거다.

"시스템? 오빠 그렇게 부르지? 그건 뭘까? 어떤 존재일까? 왜 이런 시련을 우리, 아니, 인류에게 주는 걸까?"

여자라 다른 건가?

아니면 지식의 차이일까?

아영은 석영도 움찔할 정도의 말을 쏟아냈다.

'시련……?'

시련, 시련이라.

석영은 지금까지 고난이라 생각했다.

고난과 시련.

비슷한 것 같지만 서로 확실히 다른 단어다.

고난. 괴로움과 어려움을 아울러 이르는 말.

시련. 겪기 어려운 단련이나 고비, 의지나 사람됨을 시험함.

두 단어의 뜻은 이렇듯, 비슷한 것 같으나 확실히 달랐다.

"너는 이게 시련이라고 느껴져?"

"네네, 응응, 오빠 그렇게 안 느껴?"

말이 짧아졌다.

모드가 또 변했다.

하지만 지금 그게 중요한 게 아니니까.

"난 고난이라고 봤다. 그냥 살아남으라고 주는 고난, 혹은 벌."

"난 처음부터 시련이라고 느꼈어. 나중에 뭔가 거대한 게 올 것 같아. 그런데 그건 오빠도 예상했잖아."

"그랬지. 그게 어떤 건진 감도 안 잡히지만."

"그럼 우린 둘 다 비슷한 생각 한 거야."

시련이라.

뇌가 굳었는지 석영은 머리가 다시금 엉키는 것 같았다. 그래, 아영이 했던 말은 기억난다. 여기서 끝이 아니라고. 더 거대한 게 올 거라고. 그걸 위한 준비 단계인 것 같다고.

'그런데 왜 고난이라고 생각했지? 아영이 말처럼 시련인데. 생각, 의식의 차이인가?'

모르겠다.

"에잇! 갑자기 분위기 잡아서 미안요!"

"아냐. 커피 마실래?"

"아니, 오빠 마실래."

피식.

이게 어디서 또 되도 않는 성희롱을……. 그냥 웃고 만 석영은 식기를 챙겨 싱크대로 몸을 돌렸다.

그때 등 뒤에서 달그락 소리가 들리더니, 상체 쪽으로 압박감이 들어왔다.

"……."

"……."

안았다.

뒤에서 김아영이, 정석영을.

석영에게도 이건 확실히 대미지가 들어왔다. 하지만 이내 정신을 차리고 입을 열려는 찰나, 아영의 입이 먼저 열렸다.

"지원 언니 좋아해?"

"……."

그 질문에 석영은 대답할 수 없었다.

이런 뜬금 로맨스에 적응은커녕, 생에 단 한 번도 겪어본 적 없는 마법사여서.

석영에게 이 상황이 뜬금 로맨스이나, 아영에겐 예정된 로맨스였다. 이 순간을 기다렸던 그녀다. 휘드리아젤 대륙에서 석영을 봤을 땐 그가 기절해 있었고, 미국에서는 목숨이 오가는 전장이니 당연히 말할 수 없었다. 하지만 지금은 안전한 공간이다.

아영이 눈 떴을 때, 지원이 보낸 메시지를 봤다. 오늘 저녁에 도착한다는 메시지였다. 그래서였다.

지금 이 상황은.

"후우… 장난치는 거면 그만둬."

석영에게서 나온 한마디가 본래의 속도를 벗어난 심장을 툭 쳐버렸다. 씁쓸한 고통이 찾아왔다.

"내가 이런 걸로 장난 좀 치자고 내 나름 빵빵한 가슴을 오빠 등에 부비부비하는 것 같아?"

"아니."

"그런데 왜 그렇게 말해?"

석영의 몸이 앞으로 움직였다. 아영은 놓지 않았다. 오늘이다. 오늘이 아니면 앞으로 이렇게 단둘이 있을 시간이 없을 것 같았다.

"이건 치우고 얘기하자."

"…응."

아영은 그제야 석영을 감은 팔에 힘을 풀었다. 놔주기 싫었지만 그가 대화를 이어갈 의향이 있음을 진지해진 목소리에서 느낄 수 있었기에 놔줬다. 식기를 놓고 몸을 돌렸다. 아영은 참 자신이 미친 게 아닐까 싶었다.

외모적으로는 어디 하나 특별한 것 없는 사내가 석영이다. 당장 거리를 거닐면 수도 없이 만날 수 있는 그런 평범한 외모.

'아니야. 눈빛만큼은 달라.'

그럼 일반론에 아영은 클레임을 걸었다. 외모가 평범한 건 맞지만, 눈빛만큼은 다르게 보였다.

우수에 젖은? 아니, 우수가 아니라 냉정하게 빛나는 눈이다.

'아니, 그것도 아닌가?'

흔히 이런 걸 콩깍지가 꼈다고 말한다.

그런데 꼼꼼히 따져보면 석영이 그리 못난 것도 아니다. 흔히 남자를 판단할 때, 성격, 외모와 재력을 본다고 한다. 집안이나 이런 것도 전부 재력으로 들어갈 거다. 석영의 성격은 모나다. 아주 대차게 모났다.

자기중심적 사고가 아주 견고하게 박혀 있다. 요즘은 좀 변하긴 했지만 그래도 석영은 일단 '본인'이 최우선이다.

따지면 이게 최악이긴 하지만, 이걸 상쇄시키는 매력이 있다.

힘.

무력, 재력, 권력 등등 그 자체를 통칭할 수 있는 말.

석영은 이 부분에서 무력만큼은 가히 그녀가 아는 한 절대적인 영역에 들어선 남자다. 그게 '버그' 때문이긴 하지만 그래도 이 부분에서는 최고다. 아니, 그걸 버그라고 할 수 있을까?

'그것도 운명 아닐까? 이 사람이… 내 앞에 나타난 것처럼.'

아영은 자신의 눈빛에 정확히 맞받아주고 있던 석영이 빛나는 것처럼 보였다. 콩깍지 레벨이 아주 그냥 장난이 아니다.

누가 봤으면 정신 차려, 이년아! 하고 따귀를 올려친 다음 멱살을 잡고 마구 흔들었을 거다. 턱짓으로 거실로 가자고 해서 그쪽으로 가 앉았다.

"흐음."

석영의 짧은 한숨이 그녀의 정신을 빠르게 현실로 복귀시켰다.

"……."

"……."

당연히 시작은 적막감이 흘렀다.

석영은 좀 전 아영이의 행동이 본심인지를 파악하려는 것 같았고, 아영은 그런 석영에게 숨김없이 자신의 감정을 얘기했다.

"나 오빠 좋아해."

"아……."

"엥? 그 한숨은 뭐임?"

"전혀 예상도 못 했던 말이라서."

석영은 볼을 긁적거렸다.

"오빠, 지금 쑥스러워하는 거?"

"당황해서 그런다."

"그게 그거지!"

"전혀 다른 말이지."

"아, 그냥 인정 좀 하지?"

"다른 말이야."

아영은 석영을 빤히 바라봤다. 예전과는 달랐다. 이전에는 아영이 이렇게 나오면 석영은 그냥 그래, 그렇다, 하고 그냥 넘어갔다. 귀찮은 건 질색이고, 소모전 또한 질색인 성격이기 때문이다. 그런데 지금은 이렇게 물고 넘어지고 있었다. 인정을 안 하는 석영의 모습은 어딘가…….

'좀 귀엽잖아?'

이런 면도 있었네? 하면서 아영이의 눈에 코팅 콩깍지가 점점 단단해졌다. 뭐, 무리도 아니었다. 세계가 뒤집혔다. 그녀가 어떤 마음으로 석영을 찾았는지, 지금도 사실 그녀 스스로도 이유를 알 수 없었다.

그러나 그녀의 성격답게 그런 건 중요치 않았다. 중요한 건 그를 마음에 담았고, 한순간의 감정이 아닌, 함께 영원히 같이 있고 싶은 마음을 확신할 수 있다는 것이다. 그래서 아영은 물었다.

"처음으로 돌아가서, 지원 언니 좋아해?"

"아니."

"오… 진짜?"

아영은 석영의 즉답에 눈을 동그랗게 떴다. 옆에서 보고 있노라면 석영이 지원에게 호감을 품고 있는 것처럼 보였다. 그런데 아주 확실하게 아니라고 해준다. 여자의 감은 매우 날카롭다. 그 날카로운 감이 저 대답이 거짓말이 아니라 말하고 있었다.

"동경일 뿐, 그런 감정은 아니야."

"동경, 동경이라… 아아, 뭔지 알겠다."

아영은 웃었다.

그녀도 동경의 대상이 있었다.

배우로서 자신만의 영역을 확실하게 다져놓은 선배들. 그 선배들 중 몇몇이 그녀가 동경하는 대상이었다.

이리저리 돌리는 대화는 질색이다.

"그럼 오빠, 나는 좋아해?"

"아니."

석영의 대답에 아영의 눈빛이 예상치 못한 펀치를 맞은 것처럼 흔들렸다. 사실, 알고 있었는데도 말이다.

＊　　＊　　＊

후우.

답을 한 석영은 답답한 한숨을 흘려냈다. 사실 석영에게 지금 이 자리는 좀 불편한 자리였다. 아영에게는 예정된 로맨스이나, 석영에게는 뜬금없는 로맨스였기 때문이다.

아영이 자신을 가슴에 담고 있었다?

전혀 몰랐다면 거짓말이긴 하다.

하지만 설마 이렇게 대놓고 말할 정도로 자신을 생각하는지는 몰랐었다. 호감 정도는 있겠지. 그동안 함께한 시간이 있으니까, 라고 생각했던 게 산산이 부서져 나갔다.

"하아……."

그 한숨에 아영의 시선이 날카롭게 파고들었다.

한지원.

그녀는 아까 말한 것처럼 동료로 생각하는 마음과 그녀의 무력에 대한 순수한 동경밖에 없었다. 지원이 아름다움은 말할 것도 없다. 특히나 전투 중의 그녀는 신화 속 발키리가 아닐까 싶을 정도로 아름다웠다.

그러나 그뿐, 딱 거기까지다.

아름다우나 사랑하진 않았다.

'난감하네…….'

문제는 아영도, 석영이 딱 그렇게 생각하고 있다는 점이었다. 그녀도 전투 중에는 아름다웠다. 지금 저렇게 입술을 꾹 깨물고 자신을 바라보는 모습도 일반적의 미의 기준으로도 장난이 아니었다.

그러나 그뿐, 딱 거기까지다.

아영은 동생처럼 느껴졌다.

철딱서니 더럽게 없는 동생.

아쉽게도 석영이 아영을 생각하는 마음은 철없으나 전투는 기가 막히게 잘하는 철없는 동생 정도였다.

"나한테 아무런 감정도 못 느껴?"

침묵에 지쳤는지 아영이 먼저 물어왔다. 석영은 그 질문에 잠깐 고민하다가, 아주 솔직하게 답하기로 했다.

"동료, 그리고 철없는 동생."

"와… 오빠 한 잔인 하는데?"

아영이 놀랐다는 것처럼 눈을 동그랗게 뜨며 놀랐다. 그런데 이것 참, 상처받은 얼굴은 아니었다.

피식.

'그래, 이 정도로 상처받을 애였으면… 애초에 저렇게 당당하게 말을 꺼내지도 못하겠지.'

석영은 본능적으로 알 수 있었다.

아영은 지금 석영이, '넌 내 스타일 아니다. 미안, 너한테는 아무런 감정도 느낄 수 없어. 꺼져, 밥맛 떨어지게 생긴 게!' 등등의 폭언을 퍼부어도 싱글싱글 웃으면서 '어떤 스타일이 좋은데? 어떻게 하면 느껴줄 거야? 나 성형할까? 오빠 취향으로?' 라고 대답하며 몰아붙여 올 거라는 걸.

전투 민족이다, 전투 민족.

게임이든, 연애든 그녀는 우직한 인파이터처럼 밀어붙여 올 거다.

"오빠."

"응."

"내가 어떤 성격인지 알지?"

역시 예상이 딱 들어맞았다.

아영이 다리를 아주 유려한 동작으로 꼬았다. 마치 원초적 본능의 샤론 스톤처럼. 유혹이었다. 입가에 진하게 걸린 미소. 그리고 눈매에 나타난 독기. 아따… 뭐가 스위치를 올려 버린 것 같았다.

"지원 언니를 좋아한다고 했어도 포기 안 했을 거야."

아영은 지원을 좋아한다.

그건 사랑 애가 아닌, 가족애라고 말할 수 있을 거다. 그러나 그녀는 그런 지원에게 석영을 양보하고 싶지 않다는 소리였다. 가족이라고 해도 말이다.

'이거… 왜 갑자기 막장 테크를 타는 거냐.'

소설이었다면 아마 여기서 뒤로 가기를 눌렀을 거다. 책이었다면 탁, 소리 나게 덮어버렸을 거다. 드라마라면 다른 채널로 돌려 버렸을 거다.

"내가 오빠랑 한 달 넘게 떨어져 있었을 때 느꼈던 게 뭐냐면 보고 싶다, 딱 이 감정이었어. 그래서 내가 그 먼 여정에 오른 거야. 겨우 찾았고. 그런데 겨우 찾은 오빠는 죽기 일보 직전이네? 또 내가 거기서 뭘 느꼈는지 알아?"

"……."

"다신 떨어지기 싫다는 감정이었고, 앞으로 오빠 곁에 찰싹 달라붙어 지구 평화… 가 아니라 오빠를 지켜주고 싶은 거였어."

"큭……."

이 순간에도 드립을 치며 말하는 게 참 웃겼다. 진지함에 철지난 드립의 조합. 그냥 평범했지만 아영이 하니 왠지 달라 보였다.

"남들이 별 이상한 사랑이라고 해도 상관없어. 그냥 나는 내가 하고 싶은 대로 하고 살 거야. 여태껏 그래왔던 것처럼."

"……."

"그러니까 그냥 오빠는 날 사랑해 주면 돼!"

"동생처럼 느껴져."

이건 정정을 해줘야 했다.

지금 현재 아영은 석영에게 그저 동료이자, 동생이었다.

"노 프라블럼. 그건 아무런 문제도 안 돼. 느낌이야 내가 바꿔주면 돼. 나 김아영이야. 연기파 여배우 김아영! 주연상도 타봤고! 대상도 타본 김아영! 아이돌부터 시작해 이 악물고 여기까지 온 김아영!"

김아영은 집착파다.

자신이 가지고자 하는 건 가지고야 마는.

거기에 저돌적인 기세까지 있다.

"피곤하겠네……."

그래서 저도 모르게 본심이 툭 흘러나와 버렸고, 아차 싶어 아영이의 얼굴을 봤지만 그녀는 그냥 웃고만 있었다.

아주 자신만만하게.

"하나 묻자. 언제부터냐?"

"호감은 팀플 이후부터. 감정을 제대로 확인한 건… 휘드리 아젤 대륙이 생겼을 때."

"그러냐. 미안한데 하나만 더. 네가 나에게 이런 감정을 품을 건더기가 있었나? 내가 너한테 특별나게 뭘 잘 해준 것도 아닌데."

피식.

이번엔 아영이 웃었다.

"오빠."

"응?"

"사랑 안 해봤지?"

"응."

정곡을 찔렸지만 덤덤하게 답했다.

앗싸, 아웃사이더에게 사랑이라니, 가당치도 않다. 아, 짝사랑은 아주 짧게 한 번 있었다. 초등학교 때, 너무 상냥했던 담임 선생님을 향해 한 번.

"이유 따위 필요 없어. 그냥 내 끌리면 끌려가는 거야. 오빠가 그래. 내가 틱틱거려도 받아주긴 했지. 근데 그렇게 받아준 사람이 내 주변에 몇이나 될 것 같아?"

"그걸로는 설명이 안 돼."

"그러니까 설명이 필요 없다고. 내가 좋다고. 내가 끌려가고 싶은 거라고. 오빠가 아무것도 하지 않았어도 그냥 내가 끌려갔고. 뭐, 사알못인 오빠한텐 백날 얘기해 봐야 소귀에 경 읽기겠지?"

그렇게 말하며 피식 웃는데, 석영은 여기서 살짝 자존심이 뭉개지는 소리를 들을 수 있었다.

episode 43
어디에나 병신은 있다

연애를 못 해본 건 맞다.

그래서 아영이의 마음을 이해를 못 하는 것도 맞다.

"그런데 오빠, 그게 중요한 게 아니야. 오빠는 가만히 있어. 내가 다 알아서 할 거니까."

대사가 묘하게 이상한 건 아마 착각이 아닐 거다. 아영이는 작정했다. 현재 다리를 꼬고 앉아 있는 저 도전적인 모습도, 예전처럼 석영을 놀리려고 하는 게 아닌 진심으로 석영을 유혹하고 있었다.

서른넷이나 먹은 처자가 저런다고 누가 손가락질하진 않겠지만, 이게 또 석영에게 불편한 마음을 선사했다.

"알아서 하는 건 좋은데, 난 지금 네 행동 안 좋아해."

"아, 진짜?"

아영은 바로 다리를 풀었다.

그러곤 배시시 웃었다.

이건 뭐, 누가 배우 아니랄까 변신이 기가 막히게 빨랐다. 그 모습에 또 피식 실없는 웃음이 나왔다.

다리를 모은 아영.

"그럼 이르케 조신한 게 조아요?"

발음을 잔뜩 흘려서 말하는데, 이번 건 완전히 연기였다. 듣는 이의 인상이 잔뜩 찡그려지는 연기.

"너 서른넷이야. 그건 좀 아니지."

"어머나, 숙녀의 나이를. 큭큭! 아, 못 하겠다, 이건 역시."

아영이 자세를 편하게 풀었다.

"오빠, 나도 하나만 묻자."

"응."

"내가 싫은 건 아니지?"

"음… 패스. 생각해 본 적이 아예 없는 질문이라서."

솔직히 연예인과 엮이게 된 것부터가 너무 의외였다. 석영이 무딘 편이라 다행이지 만약 일반인이었다면? 들이대 보겠다고 하다 관계는 그냥 작살났을 거다. 석영은 정말 아영이가 연예인이구나, 하고 처음 봤을 때 그렇게 느끼고 난 후 아무런 생각도 안 했다. 누누이 말하지만 동료, 동생, 그 이상 그 이하도 아니었다. 그렇기 때문에 관계가 유지됐다. 아이러니하게도 관심을 주지 않아 관계가 유지된 거다.

"뭐, 앞으로 잘 부탁해."

피식.

아영이 내민 손.

석영은 이걸 잡을까 말까 잠시 고민하다가 손을 잡았다. 그리고 서로의 악수를 축복해 주듯 헬기 소리가 들리기 시작했다.

두드드드드드.

유리창이 조금씩 진동했다.

"하… 타이밍 참 기가 막혀요."

"그러게 말이다."

"어쩌죠? 지원 언니도 없는데?"

"버텨봐야지."

손을 놓은 두 사람은 즉각 전투 준비에 들어섰다. 파티는 아직도 유지 중이었기에 석영의 거실에 있는 노름에게서 장비를 죄다 꺼내 갖추었다. 시꺼먼 OPG를 착용하고, 마지막으로 그녀의 신장에 맞게 조정된 오거 액스와 방패를 손에 쥐니, 사랑을 고백하던 김아영은 사라지고 전투 민족 김아영만 남았다.

석영도 준비를 끝냈다.

헬기를 동원해 이곳을 찾을 사람, 이곳에 누가 사는지 아는 사람은 몇 없었다. 아니, 더 파고들면 그 상부까지 알 테니, 사람 수가 아닌 단체 수로 따져야 했다.

"국정원 아님 정의 혈이겠죠?"

어느새 다시 존대로.

하지만 이건 중요한 게 아니고.

석영은 살짝 머리가 복잡한 상태였다.

예전엔 지원이 대신 상대했다.

"아마도."

"오빠, 그냥 튈까? 휘드리아젤 대륙으로?"

"오……."

좋은 생각이었다.

두 사람은 파티니까, 정확하게는 지원까지 3인 파티를 유지 중이니까 석영의 집에 있는 텔레포트 신녀를 통해 접속이 가능했다. 그러니 만약 두 사람이 휘드리아젤 대륙으로 튀면 밖에 저들이 무슨 짓을 해도 두 사람을 찾을 수 없다. 하지만 왜인지 이번엔 그러고 싶지 않았다.

"지원 씨 없다고 도망치는 건… 좀 그런데?"

"그치? 나도 그 생각했어. 언제까지고 현실에서 지원 언니한테 의지할 수는 없잖아?"

석영의 생각이 딱 그랬다.

창문 너머로 시꺼먼 그림자가 우르르 떨어져 내렸다.

"짜증 나게 하면… 내가 다 죽여 버릴게. 걱정 마, 오빠."

아영인 웃고 있었다.

기분 좋음에서 기분 나쁨으로 순식간에 분위기를 망쳐 버린 자들에게 대한 분노였다.

똑똑, 똑똑똑. 퉁, 퉁퉁퉁!

처음엔 노크하더니, 다음엔 아예 두들겼다.

"누구세요."

"정석영 씨 댁입니까?"

정체를 밝히지도 않고, 사무적으로 지들 용건만 밝힌다.

"정의는 아니네? 국정원도 아니고."

"응, 그들이 그럴 리가 없지. 지원 언니 무서움을 잘 아는데."

"그럼 다른 곳에서 나왔다는 건데……."

"일단 열어보자."

석영은 목을 다시 가다듬었다.

"누구십니까?"

"정석영 씨 있습니까?"

"접니다만."

"용건이 있어서 찾아왔습니다. 문 좀 열어주십시오."

피식.

이건 뭐…….

지원이었다면 문을 열고 바로 턱을 후려 갈겼을 거다. 지금 찾아온 저들은 분명 지원이나 석영, 그리고 아영에 대해 잘 모르는 이들이 분명했다. 머릿속이 말끔해졌다. 일단 열고, 찾아온 이유를 듣고, 보낸다.

이 과정에서 분명 트러블이 일어나겠지만 석영은 이상하게
도 그 트러블이 기대되기 시작했다.

띠릭.

철컹!

건방지게 도어락이 해체되자마자 상대 쪽에서 문고리를 돌
려 열었다. 이쯤 되면 예의 따위 정말 마당에 풀어놓은 개새
끼한테 던져놓고 온 게 분명했다. 문이 열리고, 머리를 짧게
자른 군 정복 차림의 사내가 서 있었다.

"정석영 씨?"

"네."

"저희는 이런 사람입니다."

그러면서 수첩을 앞으로 내밀었다가, 정말 1초도 안 돼서
다시 품에 집어넣었다. 아영이 그 행동에 킥킥거리고 웃었다.

"김아영 씨?"

"넹, 제가 김아영인데요?"

상대의 시선이 아영이의 머리부터 발끝까지 쭈욱 훑었다가,
다시 올라왔다. 그 모습에 아영이가 다시 킥킥거리며 웃었다.
완전히 스위치가 올라갔다. 전투 민족 김아영을 ON 시키는
스위치가.

석영도 멘탈 보정의 효과를 받아 머릿속이 차갑게 식어갔다.

"뭐 이딴 개새끼가 다 있어?"

"켁!"

퍽!

순간적으로 움직인 아영이가 상대의 배를 걷어찼다. 배를 받은 군인이 뒤로 훅 날아갔다.

두드득!

타천 활을 꺼낼 수 없어 보조로 들고 다니던 활에 철시를 두 발이나 걸었다. 그를 힐끔 본 아영이 천천히 문밖으로 나갔다.

"하이!"

밖으로 나가자 군인들이 포진해 있었다. 근데 총이 아닌, 칼과 방패를 든 군인들이었다.

"이야, 이건 또 색다른 새끼들이네?"

차라리 총이 아니라 다행이었다.

"이런 씨⋯⋯!"

아영에게 걷어차였던 놈이 벌떡 일어나 으르렁거렸다. 이제 보니 정복에 대나무 세 개가 박혀 있었다.

'저 나이에 대령?'

사내의 나이는 많아봐야 서른 전후로 보였다. 그런데 진급이 지나치게 빠르다. 이런 경우는 딱 둘 중 하나다. 진짜 더럽게 능력이 좋든가, 아님 더럽게 센 빽이 있든가. 석영은 후자로 봤다.

저 따위 인성으로 능력이 좋을 리가 없었다. 아니, 능력이 좋을 수는 있겠지만 저런 인성이라면 진즉에 잘려 나갔을 거다.

그렇다면 결론은?

'뒷배가 튼튼하다, 이거지?'

그런데 어쩌나?

그런 건 석영에게 아무런 위협도 줄 수 없는데?

"오빠."

"말해."

"나 저 새끼 죽여도 돼?"

"살인은 안 돼. 선은 지키자."

"그럼 안 죽이기만 하면 되나?"

대답 대신 고개를 끄덕였지만, 앞을 보고 있던 아영은 침묵 자체를 긍정의 답이라고 받아들였다. 도끼를 어깨에 걸친 아영이 한 발자국 앞으로 나섰다. 그러자 흠칫 뒤로 물러나는 군인들. 아영의 도끼는 진짜 장난 아니다. 거기에 OPG까지 합쳐졌다. 저 날에 걸리는 순간 아마 종잇장처럼 갈려 버릴 거다.

"내 몸 어땠어?"

아영이가 툭 하니 던지니, 대령 새끼가 혀로 입술을 핥았다. 그 모습에 석영은 기가 막혔고, 아영은 깔깔깔 웃음을 터뜨렸다.

"치고받을 땐 치고받더라도, 찾아온 이유나 들어봅시다. 왜 왔습니까?"

아영이 당장에 달려 나가려다 석영의 말에 바로 몸에 제동을 걸었다. 그에 상체를 한 번 꿀렁거리고는 석영을 째려봤다.

"기무사에서 나왔다."

"기무사?"

국군기무사령부(Defense Security Command, 國軍機務司令部).

줄여서 기무사.

쉽게 설명해 군 정보 조직이자, 수사 정보기관이라 할 수 있었다. 따로 특무부대라고도 불리지만 일반인에게는 그냥 흔히 기무사로 알고 있었다. 그런 기무사 대령 새끼가 아영에게 삿대질을 하며 소리쳤다.

"너희들을 제삼국 전선 침해 혐의로 체포한다!"

이 무슨, 말도 안 되는 죄명일까?

제3국 전선 침해.

이건 아마 미국일 것 같았다.

국정원과는 다르지만 기무사도 정보기관이니 석영의 존재를 어쩌면 파악하고 있을 수도 있다. 그리고 생활 동선까지도.

"본부로 압송한다. 체포해!"

미친 대령이 그렇게 소리치자 검과 방패를 든 군인들이 조금씩 움직이기 시작했다. 그 모습을 지켜보던 아영이 콧방귀를 치더니 말했다.

"어머나, 시상에… 세상이 역시 미쳐 돌아가고 있긴 해? 후후."

전투 민족이 다시 깨어났다. 더불어 석영도.

투둥……!

퍼벅!

으아악……!

석영의 손에서 떠난 두 발의 화살이 가장 가까이 있던 녀석과 대령의 허벅지를 뚫었다. 타천 활이 아니라 속도는 그저 그랬지만, 석영은 화살의 궤적을 의지대로 조종할 수 있는 스킬이 있었다.

방패로 막고, 피해도 화살을 느릿한 궤적을 그리며 석영이 생각했던 부위에 제대로 명중했다.

"아악! 내 다리! 아, 씨발……!"

군인이란 놈이 욕을 저렇게 내뱉는 게 참 이해가 안 간다. 하지만 수많은 인간 군상이 있다는 걸 감안하면 저런 또라이 새끼가 있는 것도 이해는 갔다. 다만, 눈앞에서 설치는 걸 용납하고픈 마음은 조금도 들지 않았다.

서걱!

아영이 휘두른 오거 액스가 방패를 그대로 두 동강 내버렸다. 얼이 빠진 군인이 주춤주춤 뒤로 물러났다.

"뭐 이런……."

"칠강 사각 방패가 한 방에 썰려……?"

기가 질렸는지 군인들이 눈에 황당, 당황, 불안이 차례대로 떠올랐다. 말했듯이 6에서 7로 올라가면 5에서 6으로 강화했을 때의 몇 배나 성능이 올라간다. +7 사각 방패 정도 되면 웬만한 포격도 거뜬히 막아낼 정도다. 그런데 그런 방패가 한 방에, 정말 단 한 방에 썰렸다. 아영이 그런 군인들에게 상큼한 목소리로 말했다.

"니들 몸뚱이는 저거보다 단단하니? 누나가 오늘 팔다리 하나쯤은 잘라보고 싶은데. 군인들이 이렇게 나오는 비상식적인 세상을 살려면 누나도 좀 미쳐줘야 하지 않겠니? 응?"

스물에 가깝던 군인 전부가 질린 표정으로 뒤로 물러났다. 흉악한 무기다. 그리고 그들은 아영이 오거 액스로 방패를 잘라 버린 그 순간을 제대로 보지도 못했다. 뭔가 쉭! 지나가니까 서걱! 소리와 함께 방패가 사선으로 갈려 주르륵 미끄러져 내렸다. 이들은 멍청이가 아니었다. 저런 공속이라면 몸뚱이 가르는데 한 호흡이면 충분하다는 걸 알고 있었다.

"아악……! 씨발! 이 씨발, 뭐 해! 저 쌍년 놈들 싹 잡으라고……!"

하지만 이 새끼는 멍청이였다.

너무나 현실과 동떨어진 병신력(病身力)에 대략 정신이 멍해질 뻔했다. 석영은 다시 시위에 화살을 걸었다.

두 발.

아영은 먹이를 노리는 암사자처럼 이를 드러내고 군인들에게 다가갔다. 그러나 그 뒤의 이야기는 진행이 되질 못했다.

두드드드드!

저 멀리서 아침 해를 등지고 치누크 수송 헬기 세 대가 마치 영화의 한 장면을 연상시키며 등장했기 때문이다.

방해꾼인가?

기분 좋은 시간을 날린 것에 짜증 난 아영이 어느새 석영의 앞을 막아섰다.

"저거 한 대에 몇 명이나 타?"

"글쎄……."

석영이 알 리가 있나, 전문 군인도 아니고, 군 지식이 넓은 것도 아닌데 말이다. 하지만 대강 영화에서 본 걸 떠올려 보자면…….

"못해도 열에서 스물은 타지 않을까?"

"많은데? 오빠, 될까?"

"이 마당에……?"

"후후."

아영이 기분 좋게 웃었다.

이상하게도 석영과 함께 있으니 무섭지가 않았다. 여차하면 타천 활을 꺼낸 석영이 자신을 구해줄 거라는 절대적인 믿음이 있었기 때문이다. 반대로 석영은 또 새롭게 얻은 감각이 발동하고 있었다.

'적은 아닌데?'

만약 적이었다면 벌써 긴장감에 전신 근육이 팽팽하게 당겨졌을 것이다. 그러나 지금은 그런 게 하나도 느껴지지 않았다. 육감이 보내오는 정보. 석영은 무시하지 않았다. 헬기는 빠르게 다가왔다. 파리처럼 보이던 게 어느새 거대한 동체로 변해 위용을 선보였다. 이윽고 문이 열리고 새까만 복장을 갖춘 사람들이 줄을 타고 지상으로 내려왔다. 익숙한 모습을 보니 딱 봐도 특수군 소속이다.

"오빠, 지금이라면 늦지 않았어. 아무리 나라도 저 정도 인원이 달려들면 죽이지 않고는 못 막는다고?"

"괜찮아. 적은 아니다."

"적이 아냐?"

"응."

"어떻게 알아?"

"감?"

"이야… 오빠가 그런 소리도 하고. 신기하네, 후후."

아영이 상쾌한 웃음을 짓고는 다시 정면을 바라봤다. 앞서 석영이 허벅지를 뚫은 미친개가 나 죽는다고 연신 지랄을 떨었지만 아무도 그를 도와주지 않았다. 지상에 내려선 새로운 인물들이 빠르게 도열한 뒤, 석영에게 다가왔다.

"군법 위반자들이다. 모조리 체포해."

선두의 사내가 한 말에 기존에 미친 대령 놈과 같이 왔던 이들이 순식간에 제압됐다.

"놔! 씨발! 내가 누군지 알아? 나 참총 아들이야, 씨발! 니들 나한테 이러고도 무사할 것 같아! 야, 김상중이! 너, 이 새끼 미쳤어! 아악! 다, 다리! 다리 건드리지 말라고!"

"당신을 군법 위반으로 체포합니다."

"악! 뭐, 뭐, 이 새끼야!"

"끌고 가!"

네!

사내는 짜증스러운 음색으로 미친개를 끌고 가라 했고, 그는 진짜 질질 끌려 사라졌다. 악악! 비명을 질렀지만 누구도 그 비명에 연민을 느끼지 않았다. 후, 하고 한숨을 내쉰 그가 석영과 아영을 바라봤다.

첫인상은 다부짐이었다.

군인이란 단어가 정말로 잘 어울리는 단어.

"충성! 기무사 특무부대 김상중입니다."

특무부대.

옛날과는 다르게, 특수무력부대라는 명칭으로 새롭게 창설된 군의 대몬스터 전용 타격부대 정도로 설명이 가능한 부대다.

"정석영입니다."

"김아영이에요."

"좀 전 군법 위반자의 무례를 사과드립니다. 정식 명령 체계를 어겼으니 아마 십 년은 감옥에서 썩을 겁니다."

명령이라.

사내 김상중의 말에 석영은 군도 결국 파벌이 존재한다는 걸 알 수 있었다. 그리고 저 미친개의 체포로 파벌간의 힘겨루

기가 어느 한쪽으로 기울었음을 의미했다. 금방 이러한 사실을 알 수 있었지만 석영에게는 큰 의미가 없었다.

"저자가 왜 절 찾아왔는지 알 수 있겠습니까?"

"군도 그렇고, 국회도 그렇지만 유저들의 관리에 대해 굉장히 애를 먹고 있습니다. 이미 무력을 따로 갖췄기 때문에 강제적으로 그들을 관리하는 건 말도 안 되는 일입니다만, 그 말도 안 되는 일을 국가를 위한다는 거창한 명목으로 묶어두려는 자들이 있습니다. 좀 전 그자처럼 말입니다."

"음……."

"이번에 정석영 씨가 이번 미국 사태에 개입을 한 정황은 이미 군이나 정부도 파악했습니다."

김상중의 말에 석영은 그럴 수도 있다고 생각했다. 아무리 조심한다고 했어도 상대는 국가 급 정보 단체. 그리고 석영이나 아영, 지원은 아마 특급 경계, 감시 대상일 것이고.

"그래서 저를 범죄자처럼 취급한 다음 마음대로 부리려 했다? 이런 얘깁니까?"

"그건 저들의 논리입니다만, 저희 쪽과는 전혀 다릅니다. 그래서 괜한 트러블이 일어나기 전에 얼른 상황을 정리하러 출동했습니다. 조금 늦었지만 그래도 큰 유혈 사태가 벌어지지 않아 다행입니다."

"피는 이미 봤습니다만?"

"두 분에게 칼을 들이밀고 저 정도면 긁힌 상처나 다름없다고 생각합니다. 저희 특무부대에서 파악한 두 분은… 전략 무기라 판단했으니까요."

그 말에 석영은 침묵과 동시에 속으로 찔끔 놀랐다.

어떻게?

전략 무기란 말 그대로 전쟁을 단방에 뒤집을 수 있는 마지막 무기를 말한다. 이해하기 쉽게 전략 핵무기란 소리다. 대륙간 탄도미사일에 핵을 달아놓은 그런 무기 말이다. 그런데 그걸 군이 파악하고 있는 게 더욱 놀라웠다. 하지만 가능성은 있었다.

'심의명, 그자가 개입했군.'

군 출신의 정의혈의 군주.

그는 지원의 존재를 알고 있었고, 라니아를 하던 유저로서 석영과 아영이의 존재 또한 알고 있었다. 그러니 전략 무기란 판단을 내리는 것도 이상한 건 아니었다. 전투 민족과 플레이어 네임 정석영.

탑 플레이어였다.

아영이는 물약을 빨며 일 대 다, 혹은 일대일의 대인전에 능했고, 석영은 그런 아영과는 다르게 투망 쓰고 조용히 움직여 퍼버버벅! 순식간에 유저를 골로 보내고 튄다.

"저희 군은 두 분에게 어떠한 간섭도 하지 않음을 알려 드립니다."

"음… 공짜는 아닐 텐데요?"

무관심. 석영이 가장 좋아하는 게 맞긴 하지만 저걸 공짜로 해줄 리가 없었다. 이런 비현실적인 세상에서 말이다.

"몬스터 소환이 다음엔 어디에 벌어질지 모릅니다. 하지만 분명 점차 강도를 높여갈 것이고, 동북아시아 차례는 분명히 다시 올 것이라 저희는 생각합니다."

"동감합니다."

"그때, 힘을 빌려주십시오."

"그거야… 어렵지는 않습니… 다른 나라에 개입을 하지 말란 소립니까?"

"이해가 빠르시군요. 맞습니다. 저희는 석영 님과 아영 님이 다른 국가의 전선에서 다치거나 희생당하는 걸 절. 대 원치 않습니다."

"흠……."

김상중의 눈빛은 진심이었다.

그는 두 사람의 안위에 대한 걱정과 부디 그 힘을 아껴 대한민국이라는 국가에 위기가 찾아왔을 때 사용해 달라고 부탁하고 있었다. 항상 막무가내로 나오는 것들만 보다가 김상중을 보니 신선한 느낌이 들었다.

다부진 군인의 눈빛에서는 한 치의 거짓도 보이지 않아 신뢰감도 있었다.

"분명 더 할 말이 있을 것이라 생각됩니다만?"

"네. 그렇다고 저희 군에서 두 분을 이래라저래라 할 수는 없는 노릇 아니겠습니까? 만약 세 번째 몬스터 소환이 벌어지고, 그 국가에 가실 생각이 있으시면… 사전에 연락을 부탁드립니다. 아직 특무부대의 힘이 크진 않으나 두 분의 가드 정도는 가능합니다."

그러니까 저 말은, 즉 감시와 호위를 두 가지다 병행하겠다는 소리다. 지원이 들었다면 지랄도 정도껏 하라고 턱주가리를 돌려 버렸을 거다. 하지만 이해는 했다. 현재 한국에서 가장 강력한 유저가 바로 석영이다.

리얼 라니아가 점검에 들어가기 직전 석영의 이름으로 클리어한 던전만 열 개에 가까웠고, 거기서 엄청나게 이득도 봤다. 아무런 제약도 없이 둘을 풀어줄 리가 없었다. 석영은 김상중의 뒤를 바라봤다.

치누크 수송 헬기서 내린 검은 코트의 특무부대가 처음으로 눈에 들어왔다. 남녀 성비는 8 대 2 정도로 사내가 많았고, 전부 좀 전 미친개가 끌고 온 군인들과는 급이 달라 보였다. 하지만 군은 제대로 파악하긴 했다.

저들로도 작정한 석영을 막지 못한다는 것을 알면서도, 저렇게 전부 보냈다. 여기에는 두 가지의 의미가 있었지만 석영은 이해 가능 한 범위였으니 그냥 넘어가 주기로 했다. 그래도 상대가 정중하게 나왔으니, 석영도 정중하게 거절의 의사를 밝혔다.

"죄송합니다. 간섭받는 건 저는 물론이고, 여기 이 친구도,

그리고 다른 제 동료도 별로 좋아하지 않습니다."

"간섭이 아닙니다. 저희는 어떠한 요구도 하지 않을 생각입니다."

"그래도 죄송합니다. 다만 이것 하난 말씀드릴 수 있습니다."

"네."

"저나 이 친구, 제 동료가 발 디디고 서 있는 곳은 이곳, 한국입니다."

"음… 알겠습니다. 답이 되었습니다."

김상중은 그 말에 깔끔하게 물러났다. 무례하지 않은 자. 심의명을 보는 느낌이었다. 석영은 그를 바라봤다.

'그래, 이런 사람도 있어야지.'

참군인.

첫 만남은 그렇게 나쁘지 않았다. 김상중은 다시 경례를 한 뒤, 특무부대를 이끌고 바로 다시 헬기에 올라 사라졌다. 바람처럼 왔다가, 바람처럼 사라졌다. 피식 웃은 석영은 다시 집 안으로 들어갔다.

"저런 사람도 있네? 매번 병신 같은 것들만 보다 저런 사람을 보니 좀 참신한데?"

아영도 나쁘게 보지 않았는지 괜찮은 감상평을 내놓았다.

"오빠, 오늘 접속할 거야?"

"아니, 이틀 정도는 쉬어두려고. 요즘 쉼 없이 달렸으니 휴식도 취해둬야지."

"그래? 그래도 혹시 마음 바뀌어도 오늘은 좀 참아. 이따가 저녁에 지원 언니 온다고 했으니까."

"그래."

어차피 오늘 하루는 쉬려고 했다. 이런 일은 지원과 상의를 해둬야 나중에 편했다. 석영이 보기에 리더의 자질은 자신보다, 지원이 더 나았고, 그런 만큼 그녀가 훨씬 좋은 대책을 내놓을 거다.

"우후후, 그럼 이제 꽁냥꽁냥 놀아볼까?"

아영이 히죽 웃더니 손가락을 꼬물거리며 다가왔다. 긴장이 풀렸으면 좀 쉴 법도 한데, 아무래도 좀 전 일은 그녀를 조금도 긴장시키지 못했나 보다. 하긴, 비록 이쪽은 아니나, 다른 쪽에서는 사람도 죽인 아영이다. 그것도 방패로 찍어 안면 함몰로. 그런 그녀가 이 정도 일에 긴장한다는 건 말도 안 되는 일이었다.

"그만, 거기까지. 피곤해. 쉴 거다."

"긴장하셔쎄요? 우흐흐."

"그만 오라고."

석영은 아영의 손을 툭 쳐내고는 자리에서 일어났다. 저런 장난은 한번 받아주면 계속 받아줘야 한다. 아무리 아영이 자신의 마음을 갑작스럽게 고백했다고 해도 저런 건 받아줄 마음이 조금도 들지 않는 석영이다.

칫, 하고 조금도 기분 상하지 않았다는 듯이 혀를 찬 아영은 소파에 앉아 TV를 틀었고, 석영은 컴퓨터 방으로 들어갔다.

인터넷은 거의 모든 매체가 몬스터에 대한 기사로 도배가 되어 있었다. 미국의 공식적인 소탕 작전 완료로 전 세계가 열광하고 있었다. 더불어 소탕 작전 내용이 세세하게 발표되어 있었는데, 오벨리스크에 대한 존재만 싹 빠져 있었다.

"저걸 말할 리가 없지."

거대 도시에 투입 된 특수부대원들 중에서 본 대원도 있을 것이다. 하지만 어떻게 파괴했는지 아는 대원은 없을 것이다. 만약 들이댔다면 오거에게 찢겨 죽었을 테니까 말이다.

세 도시의 오벨리스크와 오거는 석영과 지원이 전부 처리했다. 아영의 도움도 컸다. 그녀가 잔챙이는 전부 막았으니까.

오거 액스와 OPG의 힘으로 부족장까지 서걱서걱 썰어가면서 말이다. 그래서 오벨리스크의 존재는 비밀이 되었다.

또한 저걸 밝히면 겨우 눌러 놓은 불안감이 다시 끓어오를 수 있기에 차라리 감추는 게 낫다고 석영도 생각했다.

굳이 밝혀 불안감을 조성할 필요가 없지 않겠나?

그렇게 석영은 한동안 못 봤던 정보들을 하나씩 머리에 담았다. 그러다 보니 어느새 점심시간도 지나고, 해가 떨어지기 시작했다.

딱 저녁을 준비하려 하는데, 지원이 도착했다고 아영이 방

방 뛰는 소리가 들렸다. 석영도 인사를 하려고 거실로 나왔더니, 지원이 모르는 여인 한 명과 함께 아영이의 인사를 받고 있는 모습이 보였다.

저녁은 뜻밖의 손님 덕분에 조용한 분위기에서 시작해서 조용한 분위기로 끝났다. 상을 치우고 차를 따라 거실로 이동한 뒤, 아영이의 옆에 앉았다. 인사는 아까 나눴기 때문에 이름은 안다. 하지만 제대로 상대를 바라보는 게 예의가 아닌지라 자세히 살펴보진 않았다.

'음……'

나이는 삼십 대 후반에서 중반 정도로 보였다. 지원보다는 조금 많아 보이는 인상이었기 때문이다. 외모는? 지원이나 아영이에 비해 아름답다 할 수는 없지만 그래도 평균 이상의 외모. 여성에게는 어울리지 않는 단어겠지만 눈매와 입술이 참 강직하게 인상을 줬다. 신장은 지원과 같았다. 적어도 170 정도는 된다는 소리였다. 분위기는? 사람이 이렇게 냉정하게 생길 수 있을까 싶을 정도로 감정을 담지 않은 인상이었다.

지원과는 다른 서늘함이 얼굴에 서려 있었다. 존재 자체만으로 분위기 자체를 아예 팍 떨어뜨릴 수 있을 정도의 기세를 은연중에 풍기고 있었다.

"다시 소개할게요. 제 상관이신 장세미 대령님이세요."

지원의 소개에 석영은 가볍게 고개를 끄덕였지만 머릿속은 저 소개의 의미를 파악하고 있었다.

'대령… 상관. 역시 군인인가?'

똑바로 자신을 바라보는 장세미란 여인의 눈빛은 오늘 아침에 왔던 기무사 특무부대는 아주 씹어 먹고도 남을 기세다.

"장세미 대령입니다. 소속은 밝힐 수 없다는 점은 양해 부탁드립니다."

"정석영입니다."

지극히 딱딱한 소개에 자신도 가볍게 소개를 했고, 아영이가 옆에서 기, 김아영이에요, 하고 기어들어가는 목소리로 이어서 소개를 했다. 천하의 김아영이 아주 바짝 얼어 있었다. 전투 민족이 아주 뱀 앞에 쥐처럼 오들오들 떨고 있는 모습은 신기했지만, 그것보단 경계심이 스멀스멀 일어나는 석영이다.

스페셜리스트란 단어로도 설명이 부족한 한지원의 상관. 그런 여인이 결코 평범한 여인일 리가 없지 않나.

'아오……'

대체 왜 왔을까? 란 고민을 시작해 봤지만 아직 어떠한 정보도 없어 유추할 수 있는 게 하나도 없었다.

"한지원 중위에게 두 분에 대한 얘기를 들었습니다."

"음……"

대화의 포문은 장세미가 먼저 열었고, 열린 포문에서 날아온 말에 석영은 짧게 침음을 흘렸다. 한지원이 정보를 흘렸다?

'저 입 무거운 여자가?'

석영은 지원을 바라봤다.

시선을 피하지 않고 똑바로 바라보는 지원의 눈빛에는 미안한 감정은 없었다. 석영은 아영만큼이나 지원을 안다.

'내게 해가 될 일이 아니다?'

판단이 바로 나왔다.

"본론을 얘기해 주세요."

"네, 두 분과 전략 동맹을 맺고 싶습니다."

"전략 동맹?"

"네, 유사시 상호간 무력의 도움을 주고받고는 게 기본입니다만, 여기에 정보의 교환까지 더했으면 좋겠습니다. 마지막으로 물자까지."

"음… 유사시라는 건 몬스터 소환을 말하는 겁니까?"

"모든 경우를 말합니다. 저희 쪽 부대와 그쪽 두 분의 생명을 위협하는 모든 경우 말입니다."

"흐음……."

석영은 잠시 생각에 잠겼다.

저 제안, 나쁘다고 볼 수 있을까?

일단 저 말에 대한 진위 여부는 의심하지 않아도 좋다. 동료, 전우라고 할 수 있는 지원이 소속된 곳이니까.

오늘 처음 본 장세미는 믿지 않아도 한지원이란 사람 자체는 믿는 석영이다. 그녀가 사전에 전달도 안 하는 무례를 저질러가면서까지 데리고 온 사람이다. 믿음과 신뢰의 영역은 아직이나, 저 제안 자체는 아마 거짓이 아닐 거다.

물론 그렇다고 바로 덥석 물 정도로 석영은 어리석지 않았다. 워낙에 의심이 많은 석영이니 말이다.

"저를 믿습니까?"

그래서 던지기 시작했다.

여러 가지 주제를.

"한 소위가 대원들만큼이나 믿고 있다고 했습니다."

"……."

똑같은 생각이었다.

중간의 연결 고리라 할 수 있는 지원에 대한 믿음이 베이스로 워낙에 단단히 깔려 있단 생각 말이다.

"하지만 그 이전에 저 또한 당신을 이 자리에서 평가를 할 생각입니다."

"그건 저도 마찬가집니다."

지원의 상관이지, 자신의 상관은 아니지 않나? 솔직히 석영이 물어볼 건 꽤나 됐다. 정체불명의 집단.

'아니, 부대라고 해야 하나? 뭘 하는지, 어디 소속인지, 아는 게 하나도 없으니까. 궁금해하지 않으려고 했지만… 이젠 경우가 다르니까.'

하지만 물어본다고 해서 말해줄 것 같지 않다는 게 문제였다.

"……."

"······."

평가라는 단어 이후, 장세미의 시선은 석영에게 딱 붙어 떨어질 줄 몰랐다. 석영도 그 눈빛을 피하지 않았다. 시선의 마주침. 달콤한 마주침은 당연히 아니었다. 서로 딱딱하게 굳은 얼굴로 직시하고 있을 뿐이었다. 그러니 당연히 안 그래도 무겁던 분위기가 더 가라앉아 갔다. 아영이는 안절부절, 지원은 그녀의 트레이드마크라 할 수 있는 나른한 미소와 함께 차를 마실 분이었다.

"흐음."

장세미는 한참이 지나서야 시선을 떼고, 입가에 미소를 걸었다. 만족감이 깃든 미소였다. 잠시의 눈싸움으로 석영을 믿는다?

"다른 건 둘째 치고, 제 눈을 피하지 않은 것만으로도 합격점은 넘었습니다."

믿는 게 아닌, 석영의 기세를 살펴본 것 같았다. 그리고 합격점이라니, 어이가 없는 답이긴 했다.

'당신이 뭐가 그리 대단해서?'

하지만 석영의 그런 생각은 잘못된 생각이었다. 장세미는 대단한 사람이 맞았다. 비공식이지만 이라크, 아프간, 레바논, 그리고 아프리카 등 혹독한 전장에서 전간대대를 지휘한 철의 여인이 바로 장세미 대령이었다.

그녀의 존재는 대한민국에서도 극비 중에 극비지만, 전 세계 군사 강국에서도 극비로 취급된다.

존재 자체가 워낙에 대단한 인물이기 때문이다.

지원이 전투에 소질이 있다면 장세미 이 여자는 대대 자체를 지휘하는 데 천부적인 재능이 있고, 그걸 후천적으로 갈고 닦은 군인이었다. 그런 여인이다.

게다가 국가의 극비 프로젝트로 이루어진 부대였지만, 버림받았다. 그런데도 의부(義父)의 뜻을 받들어 대한민국을 어둠 속에서 수호하는 신념과 의리가 넘치는 군인이기도 했다.

다만, 이런 걸 석영이 알리는 없었다.

앞서 말했듯이 존재 자체가 극비니까.

"당신의 평가는 어떻습니까? 한 소위를 중심으로 신뢰, 믿음을 바탕으로 전략 동맹을 맺을 가치가 있어 보입니까?"

장세미의 딱딱한 말투에 석영은 뭐라 바로 대답을 할 수 없었다. 이들의 무력은 분명 큰 도움이 될 거다. 지원만 봐도 장난이 아니다. 미국에서 지원과 같이 다니며 몇 번 이들의 전투 장면도 봤다.

감상평을 얘기하자면…….

'소름 끼치는…….'

정말 말 그대로였다.

각 대원의 능력도 발군이고, 대체 어느 정도로 훈련을 한 건지 조직력도 장난이 아니었다. 수신호로만 이루어지는 명령에도 모든 대원이 각 위치에서 최대의 역할 수행 능력을 보였다.

솔직히 그것만 보자면 석영보다도 위였다. 특이 몇몇은 상상 그 이상이었다. 고블린 전사는 물론 부족장도 서넛이 달려들어 썰어대는 걸 봤을 때는 정말 기가 막혔던 석영이었다. 그런데 웃긴 건 그런 소름 끼치는 전투력을 보여줬던 사람들이 모두 '여성'이었다는 점이었다. 대한민국의 군, 경에서 운용하는 특수부대는 민간에 대부분 알려져 있었다.

'근데 들어본 적도 없다고······.'

아예 존재 자체를 처음 본 석영이다. 물론 이건 '극비'니까 당연하다. 전상상에는 아예 기록되어 있지도 않은 극비부대.

'그런 부대와 동맹을 맺는다? 이건······.'

좀 상의가 필요하다.

"잠시 생각할 시간을 주시겠습니까?"

"네, 얼마든지요."

"그럼······."

석영은 지원에게 눈짓으로 신호를 보내고, 멍하니 앉아 대화를 따라오지 못하고 있던 아영이의 손목을 잡고 자리에서 일어났다. 어? 왜? 하는 눈빛으로 아영이가 올려다봤지만, 이내 순순히 석영을 따라왔다. '나는 아무것도 몰라요' 라고 써놓은 순진무구한 눈망울을 보고 있자니 참 답답하긴 했지만, 어찌 됐든 아영이의 의견도 필수였다.

방으로 들어온 석영은 일단 대놓고 물어봤다.

"네 의견은 어때?"

"뭐가요?"

역시나……

옆에서 대화를 들은 게 맞나 의심을 들 정도의 대답이 뒤따라왔다. 동시에 석영의 말문을 턱 막아버릴 대답이기도 했다. 아하하. 지원의 웃음에 석영은 고개를 절레절레 젓고는 그녀를 바라봤다.

"미안해요. 사전에 말 못 해서."

"후우, 네."

"다만, 시간적 여유가 없었고, 제 상관이 너무 갑작스럽게 결정을 내렸어요."

"보고는 먼저 하셨다고 들었습니다만?"

"아, 거기에는 좀 오해가 있어요. 제가 보고한 게 아니라, 저랑 같이 있던 제 선임이 보고를 했어요. 저를 도와주는 사람이 있는 것 같다. 그런데 그 사람이 엄청 강한 것 같다, 이렇게. 그래서 저는 사실을 밝힐 필요가 있었어요. 석영 씨나 아영이의 존재도 중요하지만 제가 소속된 부대도 제겐 소중하니까요."

"음……."

"솔직히 넌지시 제의를 한 것도 저예요. 공동체는 아니지만, 협력 관계가 되는 건 어떻겠냐고. 그게 앞으로 우리 모두의 앞길에 지대한 도움을 줄 거라는 판단이 섰거든요."

지원이, 천하의 한지원이 그런 판단을 내렸다? 석영은 이 여자의 순간적 선택이 어떤 반향을 일으키는지 잘 안다. 그리고 나쁜 방향이 아닌, 좋은 방향으로 항상 최선의 선택을 내리는 날카로운 감각을 가지고 선택한다.

"미국에서 느꼈어요. 적은 점점 강해질 거예요. 그래서 앞으로는 개인의 무력보다, 대대 단위의 무력이 필요할 거라는 건 누구나 쉽게 예상이 가능하죠. 실제로 석영 씨도 수백의 적 앞에서는 정신력이 버티질 못했다면서요? 그걸 저희가 커버해 줄 수 있어요. 반대로 저희에게는 일격필살의 한 방이 없어요. 오벨리스크, 그걸 부술 방법이나 무기가 아직 수중에 없다는 소리예요. 일격필살의 무력과 대대 단위의 최정에 부대의 동맹은 분명 엄청난 시너지 효과를 발휘할 거라고 생각해요."

조곤조곤, 나른나른, 그러나 평소보다 힘이 단단하게 들어간 지원의 말에 아영은 응응! 그럴 거야! 하면서 동조했다. 석영도 그 말에 동의했다. 휘드리아젤 대륙이야, 주변에 동료가 될 사람을 이미 모았다.

발키리 용병단이 그렇고, 라블레스 가문이 재건을 시작하면 그쪽에서도 인원을 확보할 수도 있을 거다.

그러나 현실의 지구에서는 아니었다.

사람 사는 곳 어디나 비슷하다지만, 석영은 이곳에 같이 함께할 동료를 모으지 못했다. 언제고 더 강력한 몬스터가 소환될 거다. 그리고 주기가 밝혀지진 않았지만 점점 잦아질 거다. 어떻게 그걸 확신하느냐고?

'시스템. 그 빌어먹을 자식이 여태 해왔던 걸 보면 알 수 있

지……'

그러니 이 제안, 결코 나쁜 게 아니라는 생각이 들었다. 아영이야 넘어갔고, 석영은 본인의 결정만 남았다는 걸 깨달았다. 그러나 솔직히 조금 망설임이 있기도 했다. 이건 누군가를 한 번에 덥석 믿어본 적이 없던 석영이라 그랬다.

그런 석영의 귀로 조용히 흘러들어 오는 지원의 목소리.

"다른 건 걱정 말아요. 평상시에도, 전시 상황에서도 제가 중간에서 잘 조율할 테니까요."

그 말에 지원에게 시선을 던졌다. 마주 보는 눈빛을 보니 믿음이 갔다. 석영은 고개를 끄덕였다.

"좋습니다."

"고마워요. 지금 선택, 꼭 후회하지 않게 제가 잘 조율할게요."

"네, 부탁드립니다."

석영은 바로 밖으로 나와 여유롭게 차를 즐기고 있는 장세미에게 다가갔다. 셋이 나오자 찻잔을 내려놓고 씨익, 단단한 미소를 그리는 그녀.

"결정 내렸습니까?"

참 딱딱한 말투.

그러나 이상하게도 그 딱딱한 말투 때문에 오히려 믿음이 갔다.

"네, 받아들이겠습니다."

"잘 선택했어요. 그럼 세부적인 사항을 조율해 볼까요?"

지원이 챙겨온 가방에서 두 장의 백지를 꺼내 테이블에 올려놓으면서, 최강과 최강이 서로 서서히 손을 뻗어 마주 잡아가기 시작했다.

episode 44
반란

오랜만의 접속이다.

그래서 그런가? 조금은 설레는 감정이 석영을 찾아왔다. 아침을 챙겨 먹고, 딱 9시에 휘드리아젤 대륙으로 들어섰다.

이제는 익숙한 감각을 잠시간 느끼고 있자니 어느새 세계가, 아니, 차원이 변해 있었다. 지구에서 휘드리아젤 대륙으로 말이다.

"아… 여기 튕겼던 데다. 나레스 협곡?"

아영이의 말에 석영은 천천히 고개를 끄덕였다.

저 멀리 처절한 전투를 치렀던 나레스 협곡 초입부가 보였다. 그걸 보고 있자니 뭔가 감회가 새로웠다. 처절했던 전투의 흔적은 모두 사라졌지만 다시 이곳에 살아서 들어왔다는 게 기묘하게도 벅찬 감정이 되어 찾아왔다.

"이제 어떡해? 왕도로 가?"

"가야지. 우리가 없어졌어도 마리아 왕녀 때문에 분명 왕도로 이동했을 테니까."

"음, 잠깐만. 아, 있다."

아영이 인벤토리에서 꼬깃꼬깃 접힌 종이를 꺼냈다. 손때가 잔뜩 묻은 종이는 펼쳐보니 지도였다. 아영이 이곳까지 오면서 얼마나 펼쳐봤는지 많이 헤졌지만 대략적인 방향을 확인하는 데 지장은 없었다.

"지도가 있어 다행이네. 잘 챙겨놨어."

"우후후, 나 이런 여자임! 그리고 여기로 올 때 왕도 근처로 와서 대충 길도 알고 있다는 말씀."

아영이 길치는 아니다. 처음 찾아간 본 곳을 헤맬 뿐이다. 하지만 한 번 갔던 곳은 머릿속에 확실히 각인이 되어 언제고 바로바로 찾아갈 수 있는 게 아영이었다. 그런 능력을 가진 아영이에게 석영은 '그래, 도움이 되겠다'고 건성으로 답해주고는 주변을 다시 한 번 살폈다.

넓적한 평야다. 전투의 흔적으로 쉼터는 박살이 났었지만 지금 보니 어느 정도 보수가 되어 있었다.

"바로 출발할 거야? 지금 가면 무조건 노숙이야. 저 협곡 넘어서 한참이나 쉴 곳이 없거든."

"바로는 무리지. 먼저 여행 준비부터 해야지."

아영이의 말에 석영은 쉼터로 걸음을 떼며 대답했다. 왕도로 향할 때는 상행이라 함께했기 때문에 준비를 거의 하지 않았다. 하지만 지금은 아영과 단둘이 뚝 떨어진 상태였다. 며칠이 걸릴지는 모르겠지만 분명 노숙도 해야 되는데, 지금 이 상태로 그냥 바로 출발하는 건 아주 확실하게 미친 짓이었다.

쉼터에 도착해 문을 열고 들어서자 주인이 석영을 보고 흠칫 놀랐다.

"아, 그게, 저……."

말을 더듬으며 대답하는 걸 보고 석영은 주인이 자신을 알아봤다는 걸 알 수 있었다. 씁쓸했다. 그리고 미안했다. 본의가 아니지만 어쨌든 피해를 줬으니까.

"복구 비용은 받았습니까?"

"아, 네, 넵! 그, 주고 가셨습니다! 하하……."

난처하게 웃고는 있지만 눈동자엔 분명 공포의 감정이 담겨 있었다.

석영을 무서워하고 있는 거다. 석영은 그 눈빛에서 주인이 자신이 싸우는 걸 어쩌면 목격했을지도 모른다는 생각이 들었다.

하지만 그걸 묻진 않았다. 만약 물어보면 살인멸구할지도 모른다고 주인은 생각할 거고, 더더욱 공포에 떨 테니 말이다. 그리고 오늘은 여기서 쉬긴 글렀다는 생각이 들었다. 주인이

이렇게 떠는데, 그걸 무시하고 쉬는 건 솔직히 민폐에 가까웠
다.

"여행을 떠나려 합니다. 필요한 물건들이 있는데……"

"마, 말씀하십시오! 최대한 준비하겠습니다!"

주인의 그런 반응에 1층에 있던 사람들의 시선이 모였다.
처음엔 석영, 그다음은 늘씬한 몸매를 자랑하는 아영에게 건
너왔다.

"하여간 이놈의 인기는… 흐흥."

그러나 그런 시선은 이미 충분하다 못해 넘치게 겪어봤던
아영이다. 저것보다 더욱 저질스러운 시선도 많이 받아봤다.
특히 데뷔 초기에는 말도 못 했다. 스폰서 제의부터 시작해
별의별 경험을 다해본, 말 그대로 산전수전 다 겪어본 여자가
김아영이다. 그런 그녀는 들어온 첫날부터 사고 치긴 싫은지
걱정 말라는 눈빛을 석영에게 보냈다.

석영은 육포를 비롯해 빵, 우유와 식수까지 최대한 인벤토
리에 채워 넣었다. 그러곤 계산은 두 배의 값을 치렀다. 석영
나름의 미안함에 대한 표시였다. 가, 감사합니다! 하고 인사하
는 주인을 뒤로하며 쉼터를 나왔다.

석영은 바로 협곡을 오르기 시작했다.

산의 초입.

전투의 흔적은 역시나 전부 사라져 있었다. 비가 오기도 했
지만, 일단 시신이 하나도 없었다. 석영이 그때 죽인 적의 숫

자만 무려 백 이상. 누가 치우지 않았다면 자연적으로는 저렇게 흔적 하나 없이 사라지긴 불가능한 시간이다.

"오우, 기억나? 여기서 내가 오빠를 짠! 하고 구했지, 후후!"

아영이 조잘거림에 석영은 당시의 기억이 다시 떠올랐다.

진짜로 아영이 없었다면 석영은 아마 죽었을 거다. 정신력이 한계에 부딪치다 못해, 뚫고 나가 버렸다. 처음으로 극한까지 정신을 몰아붙였더니 코를 비롯해 귀, 눈동자에 핏줄도 터졌을 정도로 망가졌다. 의식이 날아가지 않고 버틴 건 정말 기적이었다.

지금은 다시 해보라고 해도 못 할 것 같았다.

'겪고 싶지도 않고……'

"뭐야, 감사 인사 안 하셈?"

"그래. 고맙다, 고마워."

"흥, 영혼 일도 없어 진짜!"

"이는 넣었어. 네가 못 느낀 거지."

"아니거든! 안 넣었거든!"

"넣었어."

"안 넣었어!"

알콩달콩까진 아니지만 나름 사이좋게 투닥거리면서 산을 오르다 보니 어느새 협곡의 정상이 저 멀리 보였다. 휘이잉! 차가운 북풍이 온몸을 치고 지나가니 산을 오르며 흘린 땀마저 시원하게 느껴졌다.

"우와… 경치 죽이는데?"

아영이 감탄했다.

당시는 폭우가 쏟아지던 마당이라 협곡의 다리를 건너면서 주변 감상은 하나도 못 했던 아영이다. 그러나 오늘은 화창한 날씨. 주변 풍경이 아주 잘 보였다.

"다른 세상이라는 게 이런 걸 보면 확 실감나지 않아?"

"응, 이런 건 한국에선 절대 못 보니까."

"한국뿐만이 아니라 어딜 가도 보기 힘들걸? 이런 지형은 여행 좋아하는 나도 못 봤어. 반지의 제왕을 찍은 뉴질랜드도 여기보단 뒤처질걸?"

"그 정도야?"

"그럼! 그 정도야, 여긴!"

아영이의 확신 찬 말에 석영은 다시 한 번 풍경을 둘러봤다.

협곡. 양쪽의 곡벽이 급경사를 이루어 골짜기를 이룬 지형을 협곡이라고 칭한다. 한국은 시골에 들어가도 거의 찾아보기 힘들다.

그런데 여긴 정말 어마어마하다. 끝이 안 보인다고 하면 설명이 쉬울까? 가을이 지나 나뭇잎이 없어 황폐한 감이 좀 있지만, 그걸 커버하는 게 바로 스케일이다. 끝내준다. 정말 그렇게밖에 설명할 길이 없었다.

"사진 찍고 싶다……."

"벌써 해가 중천이다. 이제 건너."

"칫, 무드 없긴!"

"이게 무드랑 무슨 상관이지?"

"오빠 진짜… 와, 그래, 건넌다. 건너! 흥!"

감정 조절 장애.

아영이를 보면 항상 떠오르는 단어였다. 그리고 석영이 아영이의 마음을 모르는 게 아니었다.

이미 어제 그녀는 자신의 마음을 석영에게 밝혔다. 다가오겠다고. 그러나 석영은 부담스러웠다. 석영이 고자는 아니지만, 경험이 없었다. 누군가를 좋아했던 경험은 초등학교 시절 자신에게 친절하게 해줬던 선생님이 끝이었다. 그러니 부담스러웠다, 저런 적극적인 표현이. 그래서 끊은 거다.

못 하게 하려고.

척척 걷던 아영이.

"어, 오빠."

석영을 불렀다.

"보고 있어."

일단의 무리가 건너편에서 등장했다. 시꺼먼 복장으로 일통한 무리. 숫자는 대략 서른 정도.

"아, 냄새… 좀 씻고 다니지."

북풍이라 저들에게서 나는 체향, 아니, 혈향이 두 사람의 후각을 마구 자극했다. 피 냄새. 동물을 잡고 왔을지도 모르지만 이 비릿한 혈향은 석영도 좀 익숙한 냄새였다.

미국에서도 많이 맡았고, 그 이전에 나레스 협곡에서도 맡았던 냄새.

사람의 피 냄새다.

"아영아."

"응."

아영이 석영의 부름에 바로 도끼와 방패를 꺼내 들었다. 다리는 걱정하지 않아도 좋다. 줄로 만든 흔들 다리가 아닌, 철제 다리니까. 그러니 혹시 전투가 벌어져도 아영이 앞에서만 버텨주면 크게 문제될 건 없었다.

석영도 활을 꺼내 들었다.

시위에 손을 걸고, 일단 걸음을 멈췄다. 건너편 정체불명의 무리도 부산해졌다. 웅성거림이 바람에 실려 미약하게나마 들릴 정도였다.

"뚫을까?"

"아니, 기다려 봐."

무턱대고 치고받고 싶은 마음은 없었다. 석영이 전투에 미친 것도 아니고, 피에 미친 것도 아니기 때문이다. 하지만 언제까지고 여기서 서 있을 수도 없는 노릇이다. 어떻게 해야 하나 잠시 고민하던 중, 무리에 변화가 생겼다.

장비를 해제하는 걸 직접 보여준 후, 두 손을 들고 두 사람이 천천히 다가왔다.

"호… 신선한데?"

"그러게."

저런 반응은 한 번도 본 적이 없는 두 사람이다. 상식이 사라진 세상이라 대뜸 칼부터 날려도 이상하지 않은 세계가 된지라 저렇게 시작부터 항복 자세를 보는 게 너무나 신선했다. 두 사내는 빠르지도, 느리지도 않은 걸음으로 다가왔다.

'이유가 뭘까?'

피 냄새를 짙게 풍기는 무리가 대체 왜 저런 행동을? 신선한 건 신선한 거고, 의심은 의심이다.

"혹시 모르니까 긴장 풀지 마."

"내가 아마추어야? 걱정 마소!"

종잡을 수 없는 사투리로 대답을 한 아영이 자세를 살짝 낮췄다. 석영도 긴장을 늦추지 않았다. 다리가 워낙에 길어 아직도 한참이나 남았지만 두 명의 사내는 여전히 일정한 속도로 다가왔다.

석영이 시위를 당기려던 찰나, 갑자기 등 뒤에서도 소리가 뒤부터 들렸다. 힐끔 고개만 돌려보니 이게 웬 걸… 석영이 넘어온 시작점에도 일단의 무리가 나타났다. 아영도 들었는지 힐끔 고갤 돌려 보고는 다시 앞을 바라보며 짜증 가득한 욕을 내뱉었다.

"아주 들어온 첫날부터 지랄이 풍년이네……."

"동감……."

진짜, 진짜 지랄이 풍년이다.

앞에도 정체불명의 무리가 있어 신경을 건드리는데, 좀 전 뒤에도 나타났다.

'이건 무슨 트러블 메이커도 아니고 왜 이 지랄인데.'

석영도 짜증이 올라왔다.

접속했을 때만 해도 괜찮았던 기분이 순식간에 곤두박질쳤다. 동시에 어느 한쪽이고 그냥 뚫어버리고 싶다는 생각이 마음속 한구석에서 슬금슬금 머리를 들기 시작했다. 하지만 바로 떨쳐냈다.

'살인마도 아니고.'

적인지, 중립 세력인지 확실치가 않았다. 그런 상황에 저렇게 저자세로 나온 이들을 죽이고 길을 뚫는다? 뒤편이야 모르지만 앞쪽은 하는 걸로 봐선 분명 대화를 원하고 있었다. 그걸 무시하고 죽인다. 석영의 기준에서는 솔직히 절대 있을 수 없는 일이었다.

"오빠."

"기다려 봐……."

우르르.

석영이 넘어온 쪽은 인원이 굉장히 많았다. 역풍인데도 말 울음소리가 커다랗게 들릴 정도였다. 그 때문인가? 다가오던 이들도 그 자리서 멈춰 섰다. 아영이와 두 사내의 거리는 대력 100m 정도. 석영과 뒤쪽의 무리와는 30m 정도.

"오빠… 결정해야지? 이러다가 저것들이 다리에 무슨 짓 하면 우리 진짜 주옥 된다?"

"좀 기다려 보라고. 무턱대고 죽일 거야?"

"그건 아닌데… 후후, 이렇게 오빠랑 같이 가는 것도… 아, 괜찮… 을 리가 없지! 난 더 살 거야! 알콩달콩 깨 볶으면서! 오빠, 얼른 선택해! 되도록 우리가 살아남을 확률이 높은 쪽으로! 아니, 무조건 그쪽으로!"

이 와중에도 드립을 날리는 아영이에게 속으로 박수를 한 차례 쳐주던 순간, 뒤쪽 무리에서도 사내 하나가 걸어 나오기 시작했다. 그것도 익숙한 체형과 복장, 분위기를 사진 사내가.

"오렌 관리관?"

다가오는 사람은 물류의 중심지, 리안의 치안대의 실질적 넘버원인 오렌 관리관이었다. 그전과 다른 게 있다면 안 그래도 찬바람이 쌩쌩 부는 인상이었는데, 지금은 아예 눈보라를 머금어 차갑게 굳어버린 기세였다.

"저격수? 맞나?"

엄청나게 딱딱한 말투.

석영은 본능적으로 깨달았다.

무슨 일이 벌어졌음을.

그리고 이곳은 리안과 왕도 프란의 중간쯤 되는 위치다. 마리아 왕녀를 호위할 때도 움직이지 않았던 그가 이 자리에 있다. 이게 시사하는 바는 꽤나 컸다.

"맞습니다."

"반갑군."

"네, 오랜만입니다."

"어디로 가나? 음, 일단 자리가 별로군. 저쪽 반대쪽은?"

"아직 확인 전입니다."

"그래? 흐음."

오렌의 시선이 멀찍이 떨어진 두 사내에게 향했다.

"일단 건너가서 얘기하지. 얘기가 꽤 길어."

"음… 네."

오렌 관리관은 바로 손을 들어 몇 번의 수신호를 보냈다. 그러자 치안대원 10명이 무장을 갖추고 다가왔다.

"최정예야. 건너편에 저놈들이 어떤 놈들인지는 모르겠지만, 저들이라면 충분히 밀어낼 수 있어. 혹시 위험하면 자네가 좀 도와주고."

"네."

오렌 관리관은 지금 대화 자체를 할 생각이 없었다. 석영이 했던 선택과는 매우 냉정한 결정이었다. 하긴, 지금 얼굴을 보니 아주 냉기가 철철 넘쳤다. 확실히 무슨 일이 벌어진 게 분명했다. 얘기란 그 일이 주제일 것도 분명했고.

치안대가 석영을 스쳐 지나갔다.

시선조차 마주치지 않고 절도 있는 걸음으로 당당하게 밀고 나가니 건너편에 있던 정체불명의 사내들은 바로 내뺐다.

그리고 무리와 합류함과 동시에 바로 사라졌다.

"넘어가지."

"네."

둘이 움직이자 아영이 옆에 붙어 누구? 하고 물었고 석영은 나중에 얘기해 준다고 답한 뒤, 다리를 계속 움직였다. 다리를 다 건너고 오렌이 이끌고 온 치안대의 인원들이 넘어오기 시작했다.

한둘이 아니었다.

무려 이백이 넘는 최정예 대원들이 건너와서는 바로 자리를 잡았다. 세 사람이 쉴 공간도 바로 마련됐다.

"자네가 그날 전투 뒤에 갑자기 사라졌다는 소식은 왕녀님께 연락받아 알고 있었네."

"개인적인 사정이 있었습니다."

"흠, 그런가?"

"네."

실제로는 시스템에 의해 강제로 튕겨 나갔다. 이유는 미국을 강타한 몬스터 소환이다. 하지만 이러한 사실을 굳이 얘기해 줄 필요는 없었다. 오히려 시간 낭비였다.

"자네의 활약상도 들었어. 고맙네, 왕녀님을 지켜줘서."

"제 자신과 제 동료들이 살기 위해서였습니다."

"목적이야 뭐가 됐든 그 결과로 왕녀님이 살아났으니 같은 거네."

쌀쌀함의 극치를 담은 얼굴로 저렇게 고맙다고 해봐야 하나도 와 닿지 않았다.

"이쪽 분은?"

"제 동료입니다."

"그런가. 반갑네, 치안대 관리관 오렌이네."

"김아영입니다."

"신기한 이름이군."

"그렇죠? 후후."

아영은 분위기를 살펴보는 건지, 똘기를 쪽 뺀 정상적인 대답을 해줬다. 그렇게 소개도 끝났겠다, 석영은 본론을 물었다.

"무슨 일 있습니까?"

"있지. 반란이 일어났네."

"네……?"

순간 잘못 들었나 싶었다.

반란?

"제가 아는 반란이란 단어와 같은 단어입니까?"

"그럴 걸세."

"하… 누굽니까?"

"반드레이 공작을 중심으로 주란 후작가, 왕국 최대의 예문 상단, 그리고 왕국 서부군과 왕도 수비군이 들고 일어났어. 그것도 왕도 중심에서."

"……."

"엄머, 완전 개판……."

허… 현실에 잠깐 나갔다 왔더니 아영이의 말처럼 아주 개판이 되어 있었다. 게다가 프란 왕국 전체의 전력을 잘 몰지만 공작가와 후작가, 그리고 왕국의 넘버원 상단과 서부군에 왕도 수비군까지.

이 정도면…….

"현재 왕성을 제외하고 왕도는 전부 반드레이 공작가에 넘어갔지."

"반란이라면 분명 사전에 기척이 있었을 텐데요."

"있었지. 하지만 북부가 너무 시끄러웠어. 우르크 왕국에 군을 움직였고, 북부군과 계속 국지전을 벌였거든. 시선이 그쪽으로 쏠릴 수밖에 없었던 마당에 펑! 반란이 터졌지."

"제대로 당했군요."

"그래, 나도 설마 이 상황에 반란이 일어날 거라고는 예상 못 했지. 아니, 최적기인 걸 알면서도 손쓸 방법이 없었다고 하는 게 맞겠군."

씁쓸한 오렌 관리관의 말에 석영은 담담한 표정으로 고개를 끄덕였다. 치안대의 권력이 막강해도 분명 한계는 있었을 거다. 군권을 아예 손에 쥔 게 아닐 테니 말이다.

"후우, 상황은 어떻습니까?"

"남부군이 서부군과 대치 상태고, 동부군이 왕도를 압박하는 상태야. 왕성은 여전히 공성 중이고."

"제 동료들은… 어떻게 됐습니까?"

"무사하다고 들었네, 전원."

"후우……"

그나마 다행이었다.

머릿속으로 휘린, 차샤와 송이 차례대로 떠올랐다가 사라졌다. NPC? 노! 석영은 그들을 사람이라고 생각했다. 아니, 사람이 맞다. 다른 차원의 사람들. 그런 사람들이 같이 전투를 치르며 동료가 됐다.

"오빠, 갈 거지?"

"가야지."

석영답지 않게 이번엔 즉답이 나왔다. 휘린과의 약속이 남았다. 퀘스트로 인해 시작된 인연이지만 석영은 이제 그걸 퀘스트라고 생각하지 않았다. 이곳 사람들과의 약속에 대한 책임을 질 생각이었다.

'이런 걸 정… 이라고 하나?'

휘린도 휘린이지만 송, 그 작은 아이가 생각났다. 홀로 외롭게 자린 석영의 옆에서 얼마 안 되는 기간이지만 아영이와는 다르게 알짱거리던 아이. 하는 행동이 참 귀여웠다. 그런 아이가 자신 때문에 죽을 뻔도 했었다.

무턱대고 시선을 끌어달라고 했었고, 그 결과, 송은 목 근처에 부상을 입었다. 조금이라도 늦었다면 살이 찢기는 정도가 아니라 목이 뚫리거나 아예 터져 나갔을 거다. 그런 아이가 왕도에 갇혀 있었다.

'무사해라, 휘린, 송. 반드시 구해줄 테니까.'

다짐으로 빛나는 석영을 아영이 묘한 눈빛으로 바라봤다. 두 사람의 분위기가 각각 변하자 오렌 관리관이 크흠, 헛기침으로 석영과 아영의 시선을 끌었다.

"의뢰를 하고 싶은데."

"의뢰라, 좋습니다."

"이번엔 시원시원하군."

"왕도로 가야 할 확실한 이유가 있으니까요. 의뢰 내용이 뭡니까?"

"자네가 구하고 싶은 사람들 리스트에 한 사람의 이름을 더 넣어주게나."

"마리아 왕녀 말씀이십니까?"

"그렇다네. 왕녀님은 건재해야 하네. 적통이시자, 능력이 있으신 분이지. 여성이란 점 때문에 날개를 못 펴고 계실 뿐, 힘만 받쳐준다면 성군이 될 분이야. 나는 그분을 반드시 지키고 싶어."

"좋습니다."

정말 엄청 수수한 외모에 가려져 그렇지, 마리아 왕녀는 확실히 사람을 다룰 줄 아는 사람이다. 게다가 심중을 숨길 수 있고, 때로는 능구렁이처럼 행동할 때도 있었다. 하지만 도를 넘지는 않았다.

엮이기 좀 꺼림칙하긴 하다만, 그녀를 구해서 상황이 좋아진다면 못 할 것도 없다.

"만약 왕녀님을 무사히 구출해 주고, 반란을 종식시키는 데 힘을 보태준다면… 내 확실한 보상을 약속하지. 더불어 라블레스 가문은 물론 발키리 용병단도 같이."

"그건 나쁘지 않은 보상이군요."

그렇게 말하면서 석영은 이상한 점 하나를 느꼈다. 이런 건 떠오를 때 바로 물어보는 게 최고다.

"그런데 반란이 일어나기까지 아무도 몰랐습니까?"

"그건 아니지. 예의 주시 하고 있었어."

"그런데 왜?"

"너무 예의 주시 하고 있었지."

"음……."

너무 예의 주시 하고 있었다?

석영은 잠시 뒤에 말뜻을 이해했다. 석영이 이해하자 오렌 관리관이 말을 이었다.

"발단은 증거 확보였었네. 자네가 알지 모르겠지만, 나레스 협곡에서 전투가 끝나갈 무렵 이 일을 주도했던 놈에게 꼬리가 붙었어."

이건 처음 듣는 소리였다.

하지만 그럴 수밖에 없었다. 석영은 전투가 끝나기 전에 이미 정신을 잃었으니까.

"발키리 용병단의 참모? 그 아가씨가 몸이 날랜 친구 하나를 도망치는 놈에게 붙였지. 그리고 증거를 거의 확보했어. 그놈이 반드레이 공작가에 들어가는 모습을 영상석으로 찍어버린 거지."

"음……."

영상석이 뭔지는 모른다.

하지만 대충 단어를 통해 어떤 기능을 하는지는 감을 잡았다.

"그 직후네. 영상이 찍힌 걸 안 반드레이 공작은 그게 빼도박도 못 할 증거라는 걸 알았지. 이후는 말했던 그대로네. 이틀이 지나기도 전에 군을 일으켰어."

대충 이해했다.

어차피 반드레이 공작은 뒤가 없었던 거다. 증거가 확실하면 사람은 보통 두 가지 내지, 세 가지 선택의 기로에 놓인다.

체념, 협상, 발악.

두 번째는 좀 가능성이 낮고, 첫 번째와 마지막이 가장 가능성이 높다.

목을 조용히 내미는 경우는 힘이 없을 경우다. 발악해 봐야 빤한 상황일 때. 마지막의 경우는 힘이 있을 경우다. 어차피 걸린 거, 마지막으로 반전의 묘를 살려 그냥 온 힘을 다해 저항하는 거다. 잘하면 반란 그 자체로 왕좌의 주인을 바꿔버릴 수도 있을 테니 말이다.

'파악하고 있다고 해도 그걸 대처하는 건 또 다른 문제지.'

적의 수를 비롯해 역심을 품었다는 걸 알고 있다고 해도, 그걸 대처하는 건 석영의 생각처럼 상당히 다른 영역에 있었다.

알고도 당한다는 말이 있다.

그건 적을 아는데도, 당할 수밖에 없을 정도로 전력 차이가 날 때 가장 많이 쓰인다. 지금 프란 왕국의 반란이 딱 그런 상황이었다. 그래도 사전에 준비를 했으니 이 정도지, 만약 모르고 있었다면 단숨에 왕좌의 주인이 바뀌었을 거다.

"자네에게 의뢰하고 싶은 게 하나 더 있네."

"네?"

"혈전사가 왕국 북부에 군을 이끌고 나타났어. 어수선한 틈을 타서 아주 신나게 약탈을 일삼고 있지."

"우르크 왕국인가 뭔가가 결국 군을 일으킨 겁니까?"

"그래. 다행히 북부군을 이끄는 이가 중도파이긴 하나 군을 통솔하는 것만큼은 일품이라 유지 중이지, 그저 그런 놈이었다면 이미 북부는 쑥대밭이 됐을 거야."

혈전사.

뭐 하는 놈인지는 모르겠지만 계속해서 이름을 듣게 된다. 이건 마리아 왕녀에게 부탁을 받았던 의뢰기도 하지만 석영이 거절했었다. 하지만 이제는 그러기도 쉽지가 않았다. 퀘스트가 문제가 아니라, 그놈이 활개를 치면 발키리 용병단은 물론 라블레스 상가도 결코 적지 않은 대미지를 입을 게 분명했기 때문이다.

'문제는 내가 이곳의 초인의 경지가 어느 정도인지 모른다는 건데……. 타천 활을 막을 수 있을까?'

그렇다면 전투 자체는 굉장히 꼬인다.

석영은 궁금증에 목숨을 거는 성격도 아니다.

'이건 당장 받아들일 게 아냐. 일단은 반드레인가 뭔가 하는…….'

그 새끼 목부터 따고 볼 생각이었다.

석영은 원한을 잊는 성격이 아니었다. 힘이 있는 지금, 반드시 갚아줄 생각이었다. 그놈 때문에 사경을 헤맨 걸 생각하면 아주 이가 갈릴 지경이니, 눈에 들어오기만 하면 반드시 죽여버릴 생각이었다.

"그건 왕성부터 해결하고 나서 생각하겠습니다."

"그런가. 긍정적 답변을 기대하지. 자, 그럼 출발하지. 이리 오래 얘기할 시간도 사실 없네."

"그런데 얼마나 끌고 오셨습니까?"

"리안의 치안을 유지할 최소한의 병력을 뺀, 전부."

얼핏 보니까 대략 오백 내외다.

많은 수인 건 아니지만 저들 모두가 최소 B급 용병 수준이니 전력으로는 어마어마할 거다. 게다가 전원 기마를 끌고 있는 상태. 작정하면 웬만한 마을 하나는 1시간 내에 쓸어버릴 전력이었다.

'이 정도면……'

왕도를 둘러싼 놈들을 진저리 나게 하고도 남을 전력이었다.

$$* \qquad * \qquad *$$

"후우……"

"이거 지치는데요……"

왕성을 둘러싸고 있는 성벽 위에서 각기 다른 매력을 가진 세 사람이 각기 다른 성격대로 현 상황의 피곤함을 표현했다.

"우와… 인생 참, 말년에 꼬인다, 꼬여."

"어머, 벌써 인생 말년이었어요? 이제 겨우 서른 중반인데?"

"그냥 말이 그렇다는 거지, 트집 좀… 에휴, 됐다. 지금은 대답할 힘도 없다."

그 말과 함께 고개를 푹 숙인 차샤. 그녀는 몸 여기저기를 붕대로 감고 있었다. 깊게 다친 곳도 있는지 몇몇에는 피로 잔뜩 물들어 있었다.

왕성 공성전.

다행히 외성이 높아 쉽게 함락당하지는 않았지만 전투는 매일매일 산발적으로 벌어졌다. 이게 그녀를 매우 피곤하게 만들고 있었다. 마리아 왕녀가 다행히 왕성 주둔군을 휘어잡고 있어 지금까지 버텼지, 만약 그들마저 배반했다면 왕성은 벌써 넘어갔을 거다. 하지만 지금으로는 겨우 버티고 있는 게 전부였다. 발키리 용병단도 이 전투에 참여했다. 운이 좋은 건지 아직까지 사망자는 없었지만 부상자가 벌써 10명이 넘어가고 있었다.

"노엘."

"네."

"말 편하게 하자. 마지막일지도 모르는데 이젠 그래도 되잖아?"

"응."

언제나 딱딱했던 노엘이 처음으로 조금은 부드럽게 대답했다. 차샤의 마음을 이해했기 때문이다. 물론 포기한 건 아니었다. 발키리 용병단. 여성으로만 이루어진 용병단이지만 독기만큼은 그 어느 용병단에도 밀리지 않았다.

그런 용병단을 이끄는 단장과 부단장, 그리고 참모들이다. 이 정도로 포기했다면 여기까지 오지도 못했을 거다.

"어떻게 될 것 같앙?"

애교를 부리려는 건가? 끝말이 묘하게 섹시한 차샤의 질문에 노엘은 잠시 골몰히 생각에 잠겼다. 대답이 나온 건 3분 정도 지난 뒤였다.

"지금이라면 넘어가. 반드레이 공작가와 주란 후작가의 병력이 너무 많아. 이 상태에서 서부군이 합류라도 하면 하루도 못 버틸걸."

"남부군이 잘 막아주길 바라는 것밖에 없겠네?"

왕도는 지금 두 개에 공성전이 진행 중이다. 왕도의 내성. 그러니까 성 밖과 안을 이어주는 외성에서 벌어지는 공성전이 하나고, 왕도의 안, 왕궁의 외성에서 벌어지는 공성전이 둘이다. 이건 더럽게 복잡하게 꼬여 있었다.

왕국의 서부군과 왕도 수비군이 배반했다. 반대로 남부, 동부군은 왕녀를 지지했다. 동부군이 왕도 수비군과 대치 중이라 보면 되고, 남부군이 서부군과 대치 상태라 보면 된다. 그래서 왕도 수비군이 왕성 공성전에 참여할 수 없는 상황. 웃기게도 이런 상황이 균형이 얼추 유지되고 있었다. 그러나 무너지는 순간, 승기는 어느 한쪽으로 급격하게 기울어 버릴 게 분명했다.

"그냥 거절할걸! 여기 오지 말걸! 리안에서 발 닦고 잠이나 처잘걸! 무슨 부귀영화를 누리겠다고 내가 여기서……!"

차샤가 억울한지 하늘에 대고 바락바락 소리를 질렀다. 그 모습에 노엘이 정말 오랜만에 품, 하고 웃었다. 아리스는?

"어머… 낚여서 끌려와 놓고는 무슨?"

역시나 각도 높은 슬라이딩 테클질이다. 그런데 아리스의 말이 사실인지라, 고개를 휙 소리 나게 돌려놓고도 뭐라 반박을 하지 못하는 차샤였다. 그래, 낚였다. 이건 솔직히 휘린이나 석영이 미안해야 할 일이었다.

"단장, 그 사람, 어디 있을까?"

미안하긴 했는지 아리스가 화제를 바꿨다. 단순히 그 사람이라고 했지만 그가 석영을 지칭하는 걸 모를 차샤와 노엘이 아니었다. 잠시 차샤의 눈빛이 아련하게 변했다가 또렷해졌다.

"칫! 알게 뭐야! 어디서 발 닦고 잠이나 퍼 자고 있겠지!"

"진짜 그럴까? 근데 그날, 아무리 그들이 뛰어나다고 해도 우리 기척을 모두 피해서 떠날 수 있을까? 다른 애들은 그렇다 쳐도 그날 나나 단장은 안 잤잖아. 아, 노엘도 안 잤고. 우리 셋의 기척… 알지?"

"뭐… 신기하긴 하네."

차샤는 선천적으로 기감을 느끼는 데 능하다. 노엘도 엇비슷하다. 아리스는? 후천적으로 갈고닦았다. 그녀의 도법 자체가 감각을 벼르고 별려야 진면목을 보이는 도법이기 때문이다. 그런데 한두 사람도 아니고, 도합 7인이 떠나는데 어떠한 기척도 흘리지 않았다. 그들이 쉬던 막사와 코앞에 닿아 있는 막사에서 쉬고 있었는데 말이다.

"뭐, 특이한 방법이 있었겠지. 흥! 그게 중요한 게 아니야! 말도 안 하고 떠났다는 게 중요한 거지!"

"그렇긴 하지만, 그래도 말이 안 되잖아, 단장."

"그런데 존대를 할 건지 반말을 할 건지 그냥 하나만 하면 안 될까? 이건 몇 년을 들어도 적응이 안 되네."

"응, 안 돼. 그날 기분에 따라서 나가는걸. 후후. 그보다, 그가 있으면 이 전투 엄청 쉬워질 것 같은데. 그치?"

아리스는 주제를 틀고 싶은 마음이 없어 보였다. 졌다는 듯이 차샤가 고개를 흔들었다.

"언니."

단장이라고 꼬박 부르더니, 이제는 또 언니라고 부른다. 참으로 종잡을 수 없는 캐릭터였다.

"그 사람 좋아해?"

"아니, 동경해. 그의 무력을."

슬쩍 놀리고 싶었나? 좀 짓궂은 질문이었지만 차샤는 단호하게 고개를 저으며 대답했다.

"진짜?"

"응, 진짜."

"진짜진짜?"

"응응, 진짜진짜."

"진짜진짜진짜?"

"응응응, 진짜진짜진짜."

에휴…….

노엘이 한숨을 쉬는 소리가 들리고 나서야 아리스가 멈췄고, 따라서 차샤도 멈췄다. 그리고 이어 풋, 하고 작게 웃음을 터뜨렸다. 근처서 듣고 있던 발키리 단원들은 물론 왕성 주둔군들도 작게 키득거렸다. 공성전 중이다. 지금은 잠시 휴식 중이지만 두 사람이 이러는 이유는 분명하게 있었다. 굳어가는 분위기를 푸는 것.

마음이 경직되면 육체도 경직된다.

지금 상황은 수성의 입장이라 팽팽하게 맞붙고 있지만 병력 자체로는 분명하게 밀리는 상황이었다.

어느 한쪽이라도 무너지기 시작하면 둑을 터뜨린 것처럼 상황이 변하게 될 거다. 그래서 마음이 굳는다. 이러다가 이곳이, 이 성벽 위가 무덤이 될까 봐. 이런 상상을 안 하고 싶어도 인간인 이상 할 수밖에 없었다. 그리고 상상하면 할수록 몸과 마음이 동시에 굳어가고, 그 결과는 매우 안 좋게 나타날 거다. 평상시 무력을 온전히 사용할 수 없게 되는 매우 안 좋은 결과로 말이다.

그래서 아리스와 차샤가 노닥거렸다.

"준비해야겠어요."

저 멀리, 해자 넘어 반드레이 공작가와 주란 후작가의 연합군이 움직이기 시작했다.

"지긋지긋하네. 이것들은 오후 한 시 증후군이라도 걸린 거야? 꼭 이 시간만 되면 지랄이네."

"어… 좀 많은데. 오늘은?"

아리스가 눈매를 가늘게 좁히고 말했다.

"송!"

차샤의 부름에 작은 체구의 송이, 석영의 의동생 송이 쪼르르 달려왔다.

"대충 가늠 가능할까?"

"으음… 삼천은 되겠는데요?"

"아따."

북방, 초원 제국 출신 송의 말에 차샤가 짜증 섞인 탄사를 흘렸다. 그런 차샤에게 다시 다가오는 여인이 있었다. 친남매인데도 송과는 완전히 다른 체형과 성격을 가진 매였다.

"못 보던 무기가 있어요. 저거… 충차인데요?"

"충차? 뭐 저런 구시대 유물을?"

대륙 모든 왕국이 그렇듯, 이곳 프란 왕국의 왕성에도 마법적 처리가 당연히 끝나 있었다. 반란이 일어나면 왕족에겐 이곳이 최후의 보루다. 그러니 아낌없이 투자하는 거야 당연했다. 둘레가 대단한 나무를 송곳 형태로 깎은 충차로 때려 박아봐야 흠집도 안 날 정도로 막강한 내구성을 자랑한다.

"마도 제국 알스테르담에도 몇 대 없다는 공성포를 가져와도 모자랄 판인데, 겨우 충차?"

"어! 어어? 저거… 저거 충차는 충차인데 좀 달라요!"

"뭐? 뭐가 다른데?"

차샤가 송의 놀란 외침에 급히 대로 끝을 살펴봤다.

거리가 상당하다.

왕성에서 남문까지 직통으로 연결되는 쭉 뻗은 대로의 끝쯤에서 다가오는 공성 무기. 그녀의 시야에는 아직 시꺼멓게만 보일 뿐이었다.

"저거… 임충여공차(臨衝呂公車)다! 매! 맞지?"

"네, 언니. 저건 발바롯사에서 쓰는 건데."

임충여공차(臨衝呂公車).

쉽게 설명해서 바퀴가 8개 달린, 이동형 5층짜리 공성 무기라 생각하면 된다. 각층에서 각각의 무기로 성벽 위나 성안을 공격하는 공성 무기가 임충여공차다. 초원 제국 발바롯사의 전통 공성 병기였다. 하지만 이건 만들기 어렵지 않았다. 보통 나무로 제작되니 목수와 재료만 많으면 하루 만에 만들 수 있는 장점이 있었다.

"우리… 지랄 난 거니?"

차샤의 질문에 송이 울상이 됐다.

"작정했나 본데, 단장?"

아리스는 여유를 잃지 않았다.

시간이 좀 지나자 송이 임충여공차라고 했던 게 눈에 보였다. 그런데 더 큰 문제가 있었다. 그 뒤로도 있었다. 줄지어 다가온 5층 공성 무기는 총 6대였다. 이제는 육안으로도 그 용도와 위용을 쉽게 파악이 가능한 거리.

노엘이 불쑥 한마디를 흘렸다.

"까다롭겠네요."

어렵다는 게 아니라, 그냥 까다롭다로 정의 내리는 노엘의 배포는 역시나 컸다. 여태껏 그녀를 봐왔던 왕성 주둔군도 고개를 절레절레 저었다. 그들이 봐도 저 무기는 이제 끝을 내겠다는 의미로밖에 보이질 않았다.

"반드레이 공작이 작정을 했나 봅니다."

주둔군 대장, 카터 남작이 다가와 말하자 노엘도 천천히 고개를 끄덕였다. 여태껏 보이질 않던 공성 무기의 등장. 그걸 꺼냈다는 건 정말 의미가 너무나 명백했다. 잘못하면 오늘 여기서 다 죽어나갈지도 모른다.

하지만……

왕성 주둔군도 만만한 이들이 아니다. 왕성의 최후의 보루이니까. 아, 물론 왕족을 직접 호위하는 로얄 나이트들이 있다.

"가서 전부 불러와 주세요. 오늘 못 버티면 어차피 다 죽어요."

"네, 전갈을 보내겠습니다."

카터 남작의 기사 등급은 무려 특급이다. 실제 무력을 따지면 차샤와 아리스와 호각이라 보면 된다. 초인의 벽을 마주보고 선 자들이란 소리다. 그런 그가 노엘의 말에 고분고분 대답했다. 여태껏 그녀가 보여준 지휘를 봤기 때문이다.

단 40인 조금 넘는 용병단.

거기다 전부 여인으로 이루어졌다.

그런데 이 40인은 전투가 벌어지면 진짜 종횡무진으로 전장을 쓸고 다녔다. 그 중심에 딱 3인이 있다.

최전방의 차샤와 아리스.

그리고 중심에서 지휘를 내리는 노엘.

일천의 주둔군을 이끄는 카터는 진심으로 이들에게 경의를 느끼고 있었다. 용병이라 경원시한다?

카터는 무를 숭상한다.

왕녀가, 아니, 여왕과 같이 온 이 여인들은 존경받아 마땅한 이들이었다.

"주둔군이 중심을 막습니다. 로얄 나이트가 오면 우측을 막아달라고 해주세요. 저희가 이곳을 막습니다."

"괜찮겠습니까?"

노엘의 차갑다 싶은 말에 카터는 걱정을 표했다. 성벽은 넓다. 그 넓은 공간을 오직 발키리 용병단만으로 막겠다는 소리다. 게다가 부상자도 있어 전투에 참여할 수 없어 그 수가 겨우 서른이다. 거기에 리안 치안대에서 온 이들이 스물, 총 오십이다.

이 수로 일익을 담당하겠다고 하니, 걱정이 안 될 리가 없었다. 하지만 노엘은 단호했다.

"손발을 오래 맞춰온 저희는 가능합니다."

"…그럼, 부탁드립니다."

단호한 노엘의 말에 카터는 기사의 예를 표하곤 물러났다. 그가 물러나자 차샤가 피식 웃으며 말했다.

"그래도 거치적거린다는 소리는 안 했네?"

"해서 뭐 해."

"후후, 그래. 마지막이 될지도 모를 판국인데, 좋은 모습 보여주고 가야지."

노엘은 더 이상 대답하지 않았다.

그런 노엘의 모습에 다시 한 번 피식 웃은 차샤가 천천히 검을 뽑았다.

스릉.

스르릉……

각기 다른 길이를 가진 기형 소태도 두 자루를 손에 쥔 차샤가 서늘한 미소를 그렸다.

"자… 어서 오렴."

그 말을 들은 발키리 용병단, 그리고 치안대원들의 얼굴에 비장한 기운이 감돌기 시작했다.

전운이 감돌았다.

공기가 진득한 피 냄새를 머금기 시작했다. 이전과는 달랐다. 해자를 기점으로 나뉜 반군과 정규군. 이들은 전부 지금 감도는 전운이 전과는 다르다는 걸 알았다. 이번의 전투로 어쩌면 승패가 결정 난다는 것도 어렴풋이 느끼고 있었다. 그리고 승리의 여신이 어디 쪽을 웃어주느냐에 따라, 자신의 목숨이 결정된다는 것까지 전부 느끼고 있었다.

"이번엔 반드시 끝장낸다……"

공성 초창기부터 급히 만들어낸 공성 병기를 보며 반드레이 공작이 중얼거렸다.

으득! 이를 가는 반드레이 공작. 애초에 그에게는 반란을 빼고는 선택의 여지가 없었다. 수하에게 수상한 인물이 수상한 물건을 들고 정문 근처를 얼쩡거린다는 보고를 받았다.

그 물건의 형태를 듣고, 반드레이 공작은 바로 영상석을 떠올렸다. 등급에 따라 횟수와 장면의 시간을 결정하는 게 바로 영상석. 하지만 그런 게 중요한 게 아니었다. 하필이면 스미든이 오던 날 벌어졌고, 그 순간 반드레이 공작은 직감했다.

아, 걸렸구나.

제대로 증거를 잡혔구나.

왕녀가 작정했구나.

자신을 쳐내기로.

아니, 쳐내는 정도가 아니라 아예 지워 버리기로.

그걸 깨닫는 순간 반드레이 공작에게 남은 선택지는 단 하나, 반란으로 좁혀졌다.

협상? 아니면 포기?

포기는 죽음 그 자체. 협상도 가당치 않았다. 협상의 대가로 대처 뭘 내줘야 할까? 직위 해체는 기본이고, 그 직위 해제에 따라 공작가가 가진 모든 힘을 빼앗기게 될 것이다. 그건 포기, 죽음이나 다름이 없었다.

그래서 반란을 택했다.

저항하고, 또 저항해야 했다.

그래야 조금이라도 살 수 있는 희망이 생기고, 일이 잘만

풀리면 왕좌를 차지할 수 있을 테니 말이다.

선택을 내린 반드레이 공작은 주란 후작가와 예문 상단, 그리고 서부군에 급히 기별을 보냈고, 단 이틀 만에 이미 공작가의 사병으로 만든 왕도 수비군과 반란을 일으켰다. 그렇게 하루 만에 왕도를 접수했다.

하지만 왕성은 굳건했다.

'빌어먹을……'

왕성의 설계는 그 옛날, 프란 왕국의 개국공신이었던 반드레이 공작가의 초대 가주가 설계했다. 삼면으로는 침투를 아예 불가능하게 만들었고, 오직 남문 성벽으로만 침투를 가능하게 만들었다.

남문 쪽 성벽이 낮은 이유는 크게 두 가지였다. 해가 들어오게 만드는 것. 그리고 이런 일을 위해서 공성의 여지를 남겨두는 것. 그 때문에 공성을 벌일 수는 있는데, 저 높고 높은 성벽을 넘기가 힘들었다.

비밀 기사단 말고 따로 숨겨두었던 사병을 전부 끌어모았다. 수준은 중급 정도나 수는 대략 이천 정도나 됐다. 주란 후작가도 마찬가지였다. 그들은 이를 악물고 배를 곯으며 병력을 증강했다.

예문 상단은 왕도 내에 용병을 모조리 고용했다.

그렇게 오천이 넘는 병력으로 공성전을 시작했는데, 이제는 겨우 삼천이 조금 넘게 남아 있었다.

'도대체 누가 지휘하는 거냐.'

으득!

이를 가는 반드레이 공작의 얼굴에 짜증이 가득 서렸다.

최초 양측의 병력은 세 배 차이나 났다.

그런데 지금은 한 배 반? 딱 그 정도다. 그동안의 공성으로 인해 간격이 확 좁혀졌다. 그래서 수가 필요했다.

저 충차.

저건 스미든의 작품이었다.

손목 하나를 잃고 돌아온 그는 독기를 가득 품었다. 공성이 생각보다 어렵게 흘러가자 자신이 있던 곳의 공성 병기라며, 제작을 지시한 게 저 괴상한 충차였다. 대륙의 북부 발바롯사에도 존재하는 병기지만, 반드레이 공작은 그렇게 학식이 높지 못해 몰랐다.

"마지막이야……."

그러나 학식과는 별개로 이번 전투가 자신의 목숨을 정하는 전투임은 알아차렸다.

왕도 수비군? 그들을 빼면 즉각 동부군이 움직일 거다. 안 그래도 난공불락인 왕성을 함락하지 못한 채로 동부군이 성을 넘으면 양쪽에서 몰아치는 병력에 그냥 압살당할 뿐이다.

그럼 서부군은? 튈 거다.

아니면 항복하거나.

그럼 남부군도 개입한다.

그 순간, 반란은 끝이다.

'그리고 나는 형장의 이슬로 사라지겠지.'

으득!

하도 갈아대서 이미 닳고 닳은 어금니. 끔찍한 통증이 찾아왔지만 지금은 그게 중요한 게 아니었다. 어차피 실패하면 통증 따위는 느끼지도 못할 테니 말이다.

"스미든."

"네."

"너나 나나… 마지막이다. 반드시 저 성을 함락해야 된다."

"물론… 입니다."

어떻게 날린 건지, 기형적으로 보이는 손목을 매만지는 스미든이 싸늘한 미소를 입가에 걸었다.

"주란 후작."

"네, 공작."

스미든의 옆, 강철처럼 단단한 사내가 대답했다. 다만 눈빛에는 원한이 정말 철철 넘쳤다. 복수심이 극한으로 차오르면 저런 눈빛이 될 수 있을까? 그만큼 살벌한 눈빛이었다. 철예병단을 날렸지만 그는 파워 게임에서 지기 전 프란 왕국 최고의 군벌이었다.

가진 바 무위도 상급을 넘어서, 특급에 안착한 실력 있는 기사가 바로 주란 후작이었다.

"미안하게 됐소. 내 부주의가 상황을 이리 키웠구만."

"언제고 터질 일이었습니다, 공작. 이 일이 마지막이 된다 하더라고 후회는 없습니다."

"그리 말해주니 기쁘군. 내 꼭 주란 후작가의 옛 성세를 회복시켜 주겠소."

그는 말없이 고개만 숙여 인사하고는 자리를 떠났다.

예문 상단주는 오지도 않았다. 반란이 벌어지자 용병만 고용해 주고는 자신의 가문에서 한 발자국도 움직이지 않고 있다 들었다.

왕국의 명운이 걸린 전투.

"시작하게."

"네."

부우우……!

스미든의 신호에 전투의 신호탄이 음산하게 왕성 앞을 울렸다. 혁명이냐, 반란이냐. 모든 게 이번 전투로 결정될 것이다.

*　　　*　　　*

부우우……!

그 소리를 듣는 순간, 차샤는 직감했다.

"온다… 온다고."

소름이 쭈뼛 솜털까지 올올이 곤두서는 느낌. 지금까지와는 전혀 다른 대단위 공성전, 아니, 승자와 패자가 나뉘는 전투.

"마지막으로 좀 보고 싶었는데 아쉽네."

"어머, 아니라며?"

"그냥 보고 싶은 거야."

"이거, 이거… 혹시?"

피식.

차샤는 대답 대신 그냥 웃었다. 이 순간에도 이렇게 장난을 쳐주는 아리스에게 고마웠다. 하지만 거대한 충차가 다가오고 있었다. 성벽의 높이를 매우고도 남을 만큼 압도적인 위용을 보자니, 살이 떨렸다.

심장도 마찬가지였다.

하지만…….

'이 맛에 사는 거지… 흐흐.'

흥분 상태. 덕분에 과도한 심장박동으로 이루어졌고, 차샤의 분위기는 그 순간 싹 변했다.

'자, 시작하자고.'

심장은 뜨겁게, 정신은 차갑게.

전투에 들어서는 순간 차샤의 상태가 딱 이렇다.

그야말로 전투에 특화된 여자다.

"노엘! 지휘 부탁해!"

"네!"

"아리스! 열 데리고 악착같이 막아!"

"네네, 단장."

"송! 저격조 데리고 위험해 보이는 놈들 모조리 뚫어버려!"

"넵!"

명령은 이걸로 끝이다.

해자 건너편에서 긴 목제 사다리가 건너왔다. 이런 건 지긋지긋하게 겪었다. 이 사다리를 타고 적병이 달려온다.

쿵!

성벽 전체에 사다리 열댓 개가 순식간에 걸렸다. 갈고리가 성벽에 파고들면 이건 못 빼낸다. 사다리를 만든 원목도 쇠의 강도에 버금간다는 알스테르담 제국의 휠리언트 산에만 나는 철목이다.

산 자체의 철분을 빨아들여 기형적으로 진화한 나무. 그 강도는 철에 비해 조금 뒤떨어질 뿐이다. 아니, 철이라고 봐도 무방했다. 그러니 잘라내는 것도 불가. 무게 때문에 들어내는 것도 불가.

회수는 특별한 장치로 갈고리를 분리한 다음 가져간다. 그러니 그냥 꼼짝없이 그냥 싸워야만 한다.

"송!"

"넵!"

사다리를 타는 일단의 적병. 이놈들은 철제 방패를 앞세우고 다가온다. 하지만 그럼으로써 그 원형 방패가 신체 전부를 가려줄 정도는 아니다. 저격조가 드러난 신체에 공격을 시작했다.

슉! 슈슈슉!

까강! 깡!

송과 매를 포함해 저격조의 화살은 정확히 발목이나 종아리에 꽂혔다. 그러나 철과 철이 부딪치며 나는 소리가 나더니, 튕겨 나갔다. 각반을 찬 거다.

"지랄… 저격조 대기! 화살 아끼고 임충여공차에 대비해!"

"네!"

드물게 노엘이 욕설과 함께 곧바로 명령을 했다.

두근, 두근두근.

심장의 약동(躍動)에 차샤는 아직 '살아 있음'을 느꼈다. 더불어 계속해서 '살아 있고픈' 욕구를 강렬하게 느꼈다. 시야감이 쭉 멀어졌다가 되돌아왔다. 어느새 적이 가까이 도착했다.

"으아……!"

철 방패를 전면에 세우고 몸을 날려 오자, 그녀는 웃었다.

겨우 이런 걸로?

이 정도 공격으로?

이 몸을.

이 차샤를?

"죽이겠다고? 가소로워서……."

스륵.

옆으로 유령처럼 물러선 그녀.

스악.

그 순간 손목을 비틀어 괴상하나 기막힌 궤적을 그려냈고 그 결과, 방패와 얼굴 사이로 파고든 소태도가 적병의 목을 제대로 갈랐다. 이걸로 이놈이 살기는 아주 글러 버렸다.

"치워."

말이 떨어지기 무섭게.

"흐압!"

발키리 용병단에서 가장 덩치가 좋은, 악시온 출신 우미(牛美)가 발로 방패를 뻥 걷어찼다.

터엉……!

굉장한 소리가 나고 고꾸라지려던 적병의 몸이 뒤로 훅 날아갔다. 그 결과, 동료의 몸에 부딪친 적병 몇이 우수수 사다리서 땅으로 떨어졌다. 무시무시한 힘이었다.

"흥."

정면에 버티고 선 차샤를 보는 적병들의 시선이 곱지가 않았다.

그들도 안다. 겨우 A급 용병이라고 했지만, 실제는 가히 악귀처럼 강한 여자라는 걸. 하지만 동료를 잃은 슬픔과 초인의 전유물인 기(氣)를 뿜어내지 않는 이상 죽이지 못할 것도 없다는 사실이 용기를 주었다. 불쌍하게도.

"으아아!"

어리석게도…….

똑같이 방패를 내세워 공격해 온다.

학습 능력이 제로가 아닐까 의심스러운 공격이다.

스각.

각반을 차고 있지 않은 오금 안쪽으로 차샤의 소태도가 들어갔다가 나왔다.

서걱.

"카윽!"

비명이 나옴과 동시에.

"치워."

차샤의 명령이 다시 떨어졌다.

"하압⋯⋯!"

터엉⋯⋯!

우미가 다시 도움닫기에 이은 밀어차기로 적병을 뒤로 포탄처럼 날려 버렸다. 우당탕하는 소리가 나더니 또 몇 놈이 사다리를 이탈, 땅으로 떨어졌다. 그러나 사다리에는 끝이 없었다. 시꺼멓게 매달려 달려들고 있었다.

이것도 익숙했다.

매번 저렇게 달려들었으니까.

하지만 오늘은 다른 게 신경이 쓰였다.

'저 빌어먹을 임충⋯ 뭐시깽이!'

공성 병기.

공성전 특화 병기.

"단장! 조심!"

"알아."

스각.

이번엔 검을 내지르는 적병. 그걸 피해 손목을 자르고 어깨로 툭 쳐서 날려 버리는 차샤. 그녀는 다 보고 있었다. 아니, 느끼고 있었다. 그녀의 전투 감각은 프란 왕국 전체 용병들 중에서도 순위권이었으니까.

몇 놈을 보냈지?

몇 놈이나 죽였지?

까마득하다.

아직도 꾸역꾸역 시꺼먼 방패를 앞세우고 사다리를 타고 있었다. 차샤는 성벽에 다다른 적병을 전부 깔끔하게 해치우면서도 불안감이 엄습하는 걸 느꼈다.

'이게 주공이 아니야……'

본능적으로 시선을 틀어 이제 가깝게 다가온 충차를 바라보는 차샤.

"어?"

나무로 막혀 있던 모든 층이 열려 있었다. 그리고 열려 있는 층으로 보이는 건 시꺼먼 원형의 아가리. 그걸 보는 그녀의 인상이 와락 일그러졌다.

"지랄… 모두 대가리 숙여!"

그때 굉음이 터지기 시작했다.

쾅……!

콰과광……!

콰앙……!

그녀의 말이 끝나기 무섭게 짭퉁 마력포가 굉음을 터뜨리기 시작했다.

『전장의 저격수』 6권에 계속…